I C.

ui

GIACOMO LEOPARDI

Come prefazione alla ristampa dei Canti, che nel 1836-37, con l'aiuto del fido Ranieri, veniva preparando per l'editore parigino Baudry (Epist. III 39-42; Nuovi documenti, 267-71; Luiso, Ranieri e L., 2-5), il Leopardi avebbe messa la seguente

NOTIZIA INTORNO ALLE EDIZIONI DI QUESTI CANTI.

I due primi furono pubblicati in Roma nel 1818, con una lettera a Vincenzo Monti. Il terzo, con una lettera al conte Leonardo Trissino, nel 1820 in Bologna. Dieci Canti, cioè i nove primi e il diciottesimo, in Bologna nel 1824, con ampie Annotazioni, e copia d'esempi antichi, in difesa di voci e maniere dei medesimi Canti accusate di novità. Altri Canti pure in Bologna nel 1826: i quali coi sopraddetti dieci, e con altri nuovi, in tutto ventitré, furono dati susseguentemente dall'autore in Firenze nel 1831. Diverse ristampe di questi Canti, o tutti o parte, fatte dalle edizioni di Bologna o dalla Fiorentina, in diverse città d'Italia, essendo state senza concorso dell'autore, non hanno nulla di proprio. Undici componimenti non più stampati furono aggiunti nell'edizione di Napoli del 1835, e gli altri riveduti dall'autore e ritocchi in più e più luoghi. Dei Frammenti, i due primi erano già divulgati, gli altri non ancora. Le poche note poste appiè del volume furono cavate quasi tutte dalle edizioni precedenti. In questa Parigina sono aggiunti per la prima volta i Canti XXXIII e XXXIV, finora non istampati.

Il Canto XXXIII è Il tramonto della Luna; il XXXIV, La ginestra. (Cfr. Scritti letterari, II, 387).

Le Note ai Canti son quelle dell'autore; anche da noi relegate, com'egli fece, in fine.

I.

ALL'ITALIA.

O patria mia, vedo le mura e gli archi
E le colonne e i simulacri e l'erme
Torri degli avi nostri,
Ma la gloria non vedo,
Non vedo il lauro e il ferro ond'eran carchi
I nostri padri antichi. Or fatta inerme,
Nuda la fronte e nudo il petto mostri.
Oimè quante ferite,
Che lividor, che sangue! oh qual ti veggio,
Formosissima donna! Io chiedo al cielo
E al mondo: dite dite;
Chi la ridusse a tale? E questo è peggio,
Che di catene ha carche ambe le braccia;
Sì che sparte le chiome e senza velo
Siede in terra negletta e sconsolata,
Nascondendo la faccia
Tra le ginocchia, e piange.
Piangi, che ben hai donde, Italia mia,
Le genti a vincer nata
E nella fausta sorte e nella ria.

Se fosser gli occhi tuoi due fonti vive,
Mai non potrebbe il pianto
Adeguarsi al tuo danno ed allo scorno;

Che fosti donna, or sei povera ancella.
Chi di te parla o scrive,
Che, rimembrando il tuo passato vanto,
Non dica: già fu grande, or non è quella?
Perchè, perchè? dov'è la forza antica.
Dove l'armi e il valore e la costanza?
Chi ti discinse il brando?
Chi ti tradì? qual arte o qual fatica
O qual tanta possanza
Valse a spogliarti il manto e l'auree bende?
Come cadesti o quando
Da tanta altezza in così basso loco?
Nessun pugna per te? non ti difende
Nessun de' tuoi? L'armi, qua l'armi: io solo
Combatterò, procomberò sol io.
Dammi, o ciel, che sia foco
Agl'italici petti il sangue mio.

Dove sono i tuoi figli? Odo suon d'armi
E di carri e di voci e di timballi:
In estranie contrade
Pugnano i tuoi figliuoli.
Attendi, Italia, attendi. Io veggio, o panni,
Un fluttuar di fanti e di cavalli,
E fumo e polve, e luccicar di spade
Come tra nebbia lampi.
Nè ti conforti? e i tremebondi lumi
Piegar non soffri al dubitoso evento?
A che pugna in quei campi
L'itala gioventude? O numi, o numi:
Pugnan per altra terra itali acciari.
Oh misero colui che in guerra è spento,
Non per li patrii lidi e per la pia
Consorte e i figli cari,
Ma da nemici altrui
Per altra gente, e non può dir morendo:
Alma terra natia.
La vita che mi desti ecco ti rendo.

Oh venturose e care e benedette
L'antiche età, che a morte
Per la patria correan le genti a squadre;
E voi sempre onorate e gloriose,
O tessaliche strette,
Dove la Persia e il fato assai men forte
Fu di poch'alme franche e generose!
Io credo che le piante e i sassi e l'onda
E le montagne vostre al passeggere

2

Con indistinta voce
Narrin siccome tutta quella sponda
Coprir le invitte schiere
De' corpi ch'alla Grecia eran devoti.
Allor, vile o feroce,
Serse per l'Ellesponto si fuggia,
Fatto ludibrio agli ultimi nepoti;
E sul colle d'Antela, ove morendo
Si sottrasse da morte il santo stuolo,
Simonide[1] salia,
Guardando l'etra e la marina e il suolo.

E di lacrime sparso ambe lo guance,
E il petto ansante, e vacillante il piede,
Toglieasi in man la lira:
Beatissimi voi,
Ch'offriste il petto alle nemiche lance
Per amor di costei ch'al Sol vi diede;
Voi che la Grecia cole, e il mondo ammira.
Nell'armi e ne' perigli
Qual tanto amor le giovanette menti,
Qual nell'acerbo fato amor vi trasse?
Come sì lieta, o figli,
L'ora estrema vi parve, onde ridenti
Correste al passo lacrimoso e duro?
Parea ch'a danza e non a morte andasse
Ciascun de' vostri, o a splendido convito:
Ma v'attendea lo scuro
Tartaro, e l'onda morta;
Nè le spose vi foro o i figli accanto
Quando su l'aspro lito
Senza baci moriste e senza pianto.

Ma non senza de' Persi orrida pena
Ed immortale angoscia.
Come lion di tori entro una mandra
Or salta a quello in tergo e sì gli scava
Con le zanne la schiena.
Or questo fianco addenta or quella coscia;
Tal fra le Perse torme infuriava
L'ira de' greci petti e la virtute.
Ve' cavalli supini e cavalieri;
Vedi intralciare ai vinti
La fuga i carri e le tende cadute,
E correr fra' primieri
Pallido e scapigliato esso tiranno;
Ve' come infusi e tinti
Del barbarico sangue i greci eroi,

3

Cagiono ai Persi d'infinito affanno,
A poco a poco vinti dalle piaghe,
L'un sopra l'altro cade. Oh viva, oh viva:
Beatissimi voi
Mentre nel mondo si favelli o scriva.

Prima divelte, in mar precipitando,
Spente nell'imo strideran le stelle.
Che la memoria e il vostro
Amor trascorra o scemi.
La vostra tomba è un'ara; e qua mostrando
Verran le madri ai parvoli le belle
Orme del vostro sangue. Ecco io mi prostro,
O benedetti, al suolo,
E bacio questi sassi e queste zolle,
Che fien lodate e chiare eternamente
Dall'uno all'altro polo.
Deh foss'io pur con voi qui sotto, e molle
Fosse del sangue mio quest'alma terra.
Che se il fato è diverso, e non consente
Ch'io per la Grecia i moribondi lumi
Chiuda prostrato in guerra,
Così la vereconda
Fama del vostro vate appo i futuri
Possa, volendo i numi,
Tanto durar quanto la vostra duri.

II.

SOPRA IL MONUMENTO DI DANTE
CHE SI PREPARAVA IN FIRENZE.

Perchè le nostre genti
Pace sotto le bianche ali raccolga.
Non fien da' lacci sciolte
Dell'antico sopor l'itale menti
S'ai patrii esempi della prisca etade
Questa terra fatai non si rivolga.
O Italia, a cor ti stia
Far ai passati onor; che d'altrettali
Oggi vedove son le tue contrade,
Nè v'è chi d'onorar ti si convegna.
Volgiti indietro, e guarda, o patria mia,

Quella schiera infinita d'immortali,
E piangi e di te stessa ti disdegna;
Che senza sdegno omai la doglia è stolta:
Volgiti e ti vergogna e ti riscuoti,
E ti punga una volta
Pensier degli avi nostri e de' nepoti.

D'aria e d'ingegno e di parlar diverso
Per lo toscano suol cercando gia
L'ospite desioso
Dove giaccia colui per lo cui verso
Il meonio cantor non è più solo.
Ed, oh vergogna! udia
Che non che il cener freddo e l'ossa nude
Giaccian esuli ancora
Dopo il funereo dì sott'altro suolo,
Ma non sorgea dentro a tue mura un sasso,
Firenze, a quello per la cui virtude
Tutto il mondo t'onora.
Oh voi pietosi, onde sì tristo e basso
Obbrobrio laverà nostro paese!

Bell'opra hai tolta e di che amor ti rende,
Schiera prode e cortese,
Qualunque petto amor d'Italia accende.

Amor d'Italia, o cari,
Amor di questa misera vi sproni,
Vèr cui pietade è morta
In ogni petto omai, perciò che amari
Giorni dopo il seren dato n'ha il cielo.
Spirti v'aggiunga e vostra opra coroni
Misericordia, o figli,
E duolo e sdegno di cotanto affanno
Onde bagna costei le guance e il velo.
Ma voi di quale ornar parola o canto
Si debbe, a cui non pur cure o consigli,
Ma dell'ingegno e della man daranno
I sensi e le virtudi eterno vanto
Oprate e mostre nella dolce impresa?
Quali a voi note invio, sì che nel core,
Sì che nell'alma accesa
Nova favilla indurre abbian valore?

Voi spirerà l'altissimo subbietto,
Ed acri punte premeravvi al seno.
Chi dirà l'onda e il turbo
Del furor vostro e dell'immenso affetto?

5

Chi pingerà l'attonito sembiante?
Chi degli occhi il baleno?
Qual può voce mortal celeste cosa
Agguagliar figurando?
Lunge sia, lunge alma profana. Oh quante
Lacrime al nobil sasso Italia serba!
Come cadrà? come dal tempo rosa
Eia vostra gloria o quando?
Voi, di che il nostro mal si disacerba,
Sempre vivete, o care arti divine,
Conforto a nostra sventurata gente,
Fra l'itale ruine
Gl'Itali pregi a celebrare intente.

Ecco voglioso anch'io
Ad onorar nostra dolente madre
Porto quel che mi lice,
E mesco all'opra vostra il canto mio,
Sedendo u' vostro ferro i marmi avviva.
O dell'etrusco metro inclito padre,
Se di cosa terrena,
Se di costei che tanto alto locasti
Qualche novella ai vostri lidi arriva,
Io so ben che per te gioia non senti,
Che saldi men che cera e men ch'arena,
Verso la fama che di te lasciasti,
Son bronzi e marmi; e dalle nostre menti
Se mai cadesti ancor, s'unqua cadrai,
Cresca, se crescer può, nostra sciaura,
E in sempiterni guai
Pianga tua stirpe a tutto il mondo oscura.

Ma non per te; per questa ti rallegri
Povera patria tua, s'unqua l'esempio
Degli avi e de' parenti
Ponga ne' figli sonnacchiosi ed egri
Tanto valor che un tratto alzino il viso.
Ahi, da che lungo scempio
Vedi afflitta costei, che sì meschina
Te salutava allora
Che di novo salisti al paradiso!
Oggi ridotta sì che a quel che vedi,
Fu fortunata allor donna e reina.
Tal miseria l'accora
Qual tu forse mirando a te non credi.
Taccio gli altri nemici e l'altre doglie,
Ma non la più recente e la più fera,
Per cui presso alle soglie

Vide la patria tua l'ultima sera.

Beato te che il fato
A viver non dannò fra tanto orrore;
Che non vedesti in braccio
L'itala moglie a barbaro soldato;
Non predar, non guastar cittadi e cólti.

L'asta inimica e il peregrin furore;
Non degl'itali ingegni
Tratte l'opre divine a miseranda
Schiavitude oltre l'alpe, e non de' folti
Carri impedita la dolente via;
Non gli aspri cenni ed i superbi regni;
Non udisti gli oltraggi e la nefanda
Voce di libertà che ne schernia
Tra il suon delle catene e de' flagelli.
Chi non si duol? che non soffrimmo? intatto
Che lasciaron quei felli?
Qual tempio, quale altare o qual misfatto?

Perchè venimmo a sì perversi tempi?
Perchè il nascer ne desti o perchè prima
Non ne desti il morire,
Acerbo fato? onde a stranieri ed empi
Nostra patria vedendo ancella e schiava,
E da mordace lima
Roder la sua virtù, di null'aita
E di nullo conforto
Lo spietato dolor che la stracciava
Ammollir ne fu dato in parte alcuna.
Ahi non il sangue nostro e non la vita
Avesti, o cara; e morto
Io non son per la tua cruda fortuna.
Qui l'ira al cor, qui la pietade abbonda:
Pugnò, cadde gran parte anche di noi:
Ma per la moribonda
Italia no; per li tiranni suoi.

Padre, se non ti sdegni,
Mutato sei da quel che fosti in terra.
Morian per le rutene
Squallide piagge, ahi d'altra morte degni,
Gl'itali prodi; e lor fea l'aere e il cielo
E gli uomini e le belve immensa guerra.
Cadeano a squadre a squadre
Semivestiti, maceri e cruenti,
Ed era letto agli egri corpi il gelo.

7

Allor, quando traean l'ultime pene,
Membrando questa desiata madre,
Diceano: oh non le nubi e non i venti,
Ma ne spegnesse il ferro, e per tuo bene,
O patria nostra. Ecco da te rimoti.
Quando più bella a noi l'età sorride,
A tutto il mondo ignoti,
Moriam per quella gente che t'uccide.

Di lor querela il boreal deserto
E conscie fur lo sibilanti selve.
Così vennero al passo,
E i negletti cadaveri all'aperto
Su per quello di neve orrido mare
Dilaceràr le belve;
E sarà il nome degli egregi e forti
Pari mai sempre ed uno
Con quel de' tardi e vili. Anime care.
Benchi'infinita sia vostra sciagura,
Datevi pace; e questo vi conforti
Che conforto nessuno
Avrete in questa o nell'età futura.
In seno al vostro smisurato affanno
Posate, o di costei veraci figli,
Al cui supremo danno
Il vostro solo è tal che s'assomigli.

Di voi già non si lagna
La patria vostra, ma di chi vi spinse
A pugnar contra lei,
Sì ch'ella sempre amaramente piagna
E il suo col vostro lacrimar confonda.
Oh di costei ch'ogni altra gloria vinse
Pietà nascesse in core
A tal de' suoi ch'affaticata e lenta
Di sì buia vorago e sì profonda
La ritraesse! O glorioso spirto,
Dimmi: d'Italia tua morto è l'amore?
Dì: quella fiamma che t'accese, è spenta?
Dì: nè più mai rinverdirà quel mirto
Ch'alleggiò per gran tempo il nostro male?
Nostre corone al suol fien tutte sparte?
Nè sorgerà mai tale
Che ti rassembri in qualsivoglia parte?

In eterno perimmo? e il nostro scorno
Non ha verun confine?
Io mentre viva andrò sclamando intorno:

8

Volgiti agli avi tuoi, guasto legnaggio;
Mira queste ruine
E le carte e le tele e i marmi e i templi;
Pensa qual terra premi; e se destarti
Non può la luce di cotanti esempli.
Che stai? levati e parti.
Non si conviene a sì corrotta usanza
Questa d'animi eccelsi altrice e scola:
Se di codardi è stanza,
Meglio l'è rimaner vedova e sola.

III.

AD ANGELO MAI.

QUAND'EBBE TROVATO I LIBRI DI CICERONE DELLA REPUBBLICA.

Italo ardito, a che giammai non posi
Di svegliar dalle tombe
I nostri padri? ed a parlar gli meni
A questo secol morto, al quale incombo
Tanta nebbia di tedio? E come or vieni
Sì forte a' nostri orecchi e sì frequente,
Voce antica de' nostri,
Muta sì lunga etade? e perchè tanti
Risorgimenti? In un balen feconde
Venner le carte; alla stagion presente
I polverosi chiostri
Serbaro occulti i generosi e santi
Detti degli avi. E che valor t'infonde.
Italo egregio, il fato? O con l'umano
Valor forse contrasta il fato invano?

Certo senza de' numi alto consiglio
Non è ch' ove più lento
E grave è il nostro disperato obblio.
A percoter ne rieda ogni momento
Novo grido de' padri. Ancora è pio
Dunque all'Italia il cielo; anco si cura
Di noi qualche immortale:
Ch'essendo questa o nessun'altra poi
L'ora da ripor mano alla virtude

9

Rugginosa dell'itala natura,
Veggiam che tanto e tale
È il clamor de' sepolti, e che gli eroi
Dimenticati il suol quasi dischiude,
A ricercar s'a questa età sì tarda
Anco ti giovi, o patria, esser codarda.

Di noi serbate, o gloriosi, ancora
Qualche speranza? in tutto
Non siam periti? A voi forse il futuro
Conoscer non si toglie. Io son distrutto
Nè schermo alcuno ho dal dolor, che scuro
M'è l'avvenire, e tutto quanto io scerno
È tal che sogno e fola
Fa parer la speranza. Anime prodi,
Ai tetti vostri inonorata, immonda
Plebe successe; al vostro sangue è scherno
E d'opra e di parola
Ogni valor; di vostre eterne lodi
Nò rossor più nè invidia; ozio circonda
I monumenti vostri; e di viltade
Siam fatti esempio alla futura etade.

Bennato ingegno, or quando altrui non cale
De' nostri alti parenti,
A te ne caglia, a te cui fato aspira
Benigno sì che per tua man presenti
Paion que' giorni allor che dalla dira
Obblivione antica ergean la chioma,
Con gli studi sepolti,
I vetusti divini, a cui natura
Parlò senza svelarsi, onde i riposi
Magnanimi allegràr d'Atene e Roma.
Oh tempi, oh tempi avvolti
In sonno eterno! Allora anco immatura
La ruina d'Italia, anco sdegnosi
Eravam d'ozio turpe, e l'aura a volo
Più faville rapia da questo suolo.

Eran calde le tue ceneri sante,
Non dòmito nemico
Della fortuna, al cui sdegno e dolore
Fu più l'averno che la terra amico.
L'averno: e qual non è parte migliore
Di questa nostra? E le tue dolci corde
Susurravano ancora
Dal tocco di tua destra, o sfortunato
Amante. Ahi dal dolor comincia e nasce

L'italo canto. E pur men grava e morde
Il mal che n'addolora
Del tedio che n'affoga. Oh te beato,
A cui fu vita il pianto! A noi le fasce
Cinse il fastidio; a noi presso la culla
Immoto siede, e su la tomba, il nulla.

Ma tua vita era allor con gli astri e il mare,
Ligure ardita prole,
Quand'oltre alle colonne, ed oltre ai liti,
Cui strider l'onda all'attuffar del sole
Parve udir su la sera[2], agl'infiniti
Flutti commesso, ritrovasti il raggio
Del Sol caduto, e il giorno
Che nasce allor ch'ai nostri è giunto al fondo;
E rotto di natura ogni contrasto,
Ignota immensa terra al tuo viaggio
Fu gloria, e del ritorno
Ai rischi. Ahi ahi, ma conosciuto il mondo
Non cresce, anzi si scema, e assai più vasto
L'etra sonante e l'alma terra e il mare
Al fanciullin, che non al saggio, appare.

Nostri sogni leggiadri ove son giti
Dell'ignoto ricetto
D'ignoti abitatori, o del diurno
Degli astri albergo, e del rimoto letto
Della giovano Aurora, e del notturno
Occulto sonno del maggior pianeta?[3]
Ecco svaniro a un punto,
E figurato è il mondo in breve carta;
Ecco tutto è simile, e discoprendo,
Solo il nulla s'accresce. A noi ti vieta
Il vero appena è giunto,
O caro immaginar; da te s'apparta
Nostra mente in eterno; allo stupendo
Poter tuo primo ne sottraggon gli anni;
E il conforto perì de' nostri affanni.

Nascevi ai dolci sogni intanto, e il primo
Sole splendeati in vista,
Cantor vago dell'arme e degli amori,
Che in età della nostra assai men trista
Empièr la vita di felici errori:
Nova speme d'Italia. O torri, o celle,
O donne, o cavalieri,
O giardini, o palagi! a voi pensando,
In mille vane amenità si perde

11

La mente mia. Di vanità, di belle
Fole e strani pensieri
Si componea l'umana vita: in bando
Li cacciammo: or che resta? or poi che il verde
È spogliato alle cose? Il certo e solo
Veder che tutto è vano altro che il duolo.

O Torquato, o Torquato, a noi l'eccelsa
Tua mente allora, il pianto
A te, non altro, preparava il cielo.
Oh misero Torquato! il dolce canto
Non valse a consolarti o a sciorre il gelo
Onde l'alma t'avean, ch'era sì calda,
Cinta l'odio e l'immondo
Livor privato e de' tiranni. Amore.
Amor, di nostra vita ultimo inganno.
T'abbandonava. Ombra reale e salda
Ti parve il nulla, e il mondo
Inabitata piaggia. Al tardo onore[4]
Non sorser gli occhi tuoi; mercè, non danno.
L'ora estrema ti fu. Morte domanda
Chi nostro mal conobbe, e non ghirlanda.

Torna torna fra noi, sorgi dal muto
E sconsolato avello,
Se d'angoscia sei vago, o miserando
Esemplo di sciagura. Assai da quello
Che ti parve sì mesto e sì nefando,
È peggiorato il viver nostro. O caro,
Chi ti compiangeria,
Se, fuor che di se stesso, altri non cura?
Chi stolto non direbbe il tuo mortale
Affanno anche oggidì, se il grande e il raro
Ha nome di follia;
Nè livor più, ma ben di lui più dura
La noncuranza avviene ai sommi? o quale,
Se più de' carmi, il computar s'ascolta.
Ti appresterebbe il lauro un'altra volta?

Da te fino a quest'ora uom non è sorto.
O sventurato ingegno,
Pari all'italo nome, altro ch'un solo,
Solo di sua codarda etade indegno
Allobrogo feroce, a cui dal polo
Maschia virtù, non già da questa mia
Stanca ed arida terra,
Venne nel petto; onde privato, inerme,
(Memorando ardimento) in su la scena

Mosse guerra a' tiranni: almen si dia
Questa misera guerra
E questo vano campo all'ire inferme
Del mondo. Ei primo e sol dentro all'arena
Scese, e nullo il seguì, che l'ozio e il brutto
Silenzio or preme ai nostri innanzi a tutto.

Disdegnando e fremendo, immacolata
Trasse la vita intera,
E morte lo scampò dal veder peggio.
Vittorio mio, questa per te non era
Età nè suolo. Altri anni ed altro seggio
Conviene agli alti ingegni. Or di riposo
Paghi viviamo, e scorti
Da mediocrità: sceso il sapiente
E salita è la turba a un sol confine.
Che il mondo agguaglia. O scopritor famoso.
Segui; risveglia i morti,
Poi che dormono i vivi; arma le spente
Lingue de' prischi eroi; tanto che in fine
Questo secol di fango o vita agogni
E sorga ad atti illustri, o si vergogni.

IV.

NELLE NOZZE DELLA SORELLA PAOLINA.

Poi che del patrio nido
I silenzi lasciando, e le beate
Larve e l'antico error, celeste dono,
Ch'abbella agli occhi tuoi quest'ermo lido,
Te nella polve della vita e il suono
Tragge il destin; l'obbrobriosa etate
Che il duro cielo a noi prescrisse impara,
Sorella mia, che in gravi
E luttuosi tempi
L'infelice famiglia all'infelice
Italia accrescerai. Di forti esempi
Al tuo sangue provvedi. Aure soavi
L'empio fato interdice
All'umana virtude.
Nè pura in gracil petto alma si chiude.

13

O miseri o codardi
Figliuoli avrai. Miseri eleggi. Immenso
Tra fortuna e valor dissidio pose
Il corrotto costume. Ahi troppo tardi.
E nella sera dell'umane cose,
Acquista oggi chi nasce il moto e il senso.
Al ciel ne caglia: a te nel petto sieda
Questa sovr'ogni cura.
Che di fortuna amici
Non crescano i tuoi figli, e non di vile
Timor gioco o di speme: onde felici
Sarete detti nell'età futura:
Poiché (nefando stile
Di schiatta ignava e finta)
Virtù viva sprezziam, lodiamo estinta.

Donne, da voi non poco
La patria aspetta; e non in danno e scorno
Dell'umana progenie al dolce raggio
Delle pupille vostre il ferro e il foco
Domar fu dato. A senno vostro il saggio
E il forte adopra e pensa; e quanto il giorno
Col divo carro accerchia, a voi s'inchina.
Ragion di nostra etate
Io chieggo a voi. La santa
Fiamma di gioventù dunque si spegno
Per vostra mano? attenuata o franta
Da voi nostra natura? e le assonnato
Menti, e le voglie indegne,
E di nervi e di polpe
Scemo il valor natio, son vostre colpe?

Ad atti egregi è sprone
Amor, chi ben l'estima, e d'alto affetto
Maestra è la beltà. D'amor digiuna
Siede l'alma di quello a cui nel petto
Non si rallegra il cor quando a tenzone
Scendono i venti, e quando nembi aduna
L'olimpo, e fiede le montagne il rombo
Della procella. O spose,
O verginette, a voi
Chi de' perigli è schivo, e quei che indegno
È della patria e che sue brame e suoi
Volgari affetti in basso loco pose,
Odio mova e disdegno;
Se nel femmineo core
D'uomini ardea non di fanciulle, amore.

Madri d'imbelle prole
V'incresca esser nomate. I danni e il pianto
Della virtude a tollerar s'avvezzi
La stirpe vostra, e quel che pregia e cole
La vergognosa età, condanni e sprezzi;
Cresca alla patria, e gli alti gesti, o quanto
Agli avi suoi deggia la terra impari.
Qual de' vetusti eroi
Tra le memorie e il grido
Crescean di Sparta i figli al greco nome;
Finché la sposa giovanotta il fido
Brando cingeva al caro lato, e poi
Spandea le negre chiome
Sul corpo esangue e nudo
Quando e' reddìa nel conservato scudo.

Virginia, a te la molle
Gota molcea con le celesti dita
Beltade onnipossente, e degli alteri
Disdegni tuoi si sconsolava il folle
Signor di Roma. Eri pur vaga, ed eri
Nella stagion ch'ai dolci sogni invita,
Quando il rozzo paterno acciar ti ruppe
Il bianchissimo petto,
E all'Erebo scendesti
Volenterosa. A me disfiori e scioglia
Vecchiezza i membri, o padre; a me s'appresti,
Dicea, la tomba, anzi che l'empio letto
Del tiranno m'accoglia.
E se pur vita e lena
Roma avrà dal mio sangue, è tu mi svena.

O generosa, ancora
Che più bello a' tuoi dì splendesse il sole
Ch'oggi non fa, pur consolata e paga
È quella tomba cui di pianto onora
L'alma terra nativa. Ecco alla vaga
Tua spoglia intorno la romulea prole
Di nova ira sfavilla. Ecco di polve
Lorda il tiranno i crini;
E libertade avvampa
Gli obbliviosi petti; e nella doma
Terra il marte latino arduo s'accampa
Dal buio polo ai torridi confini.
Così l'eterna Roma
In duri ozi sepolta
Femmineo fato avviva un'altra volta.

V.

A UN VINCITORE NEL PALLONE.

Di gloria il viso e la gioconda voce,
Garzon bennato, apprendi,
E quanto al femminile ozio sovrasti
La sudata virtude. Attendi attendi,
Magnanimo campion (s'alla veloce
Piena degli anni il tuo valor contrasti
La spoglia di tuo nome), attendi, e il core
Movi ad alto desio. Te l'echeggiante
Arena e il circo, e te fremendo appella
Ai fatti illustri il popolar favore;
Te rigoglioso dell'età novella
Oggi la patria cara
Gli antichi esempi a rinnovar prepara.

Del barbarico sangue in Maratona
Non colorò la destra
Quei che gli atleti ignudi e il campo eleo,
Che stupido mirò l'ardua palestra,
Nè la palma beata e la corona
D'emula brama il punse. E nell'Alfeo
Forse le chiome polverose e i fianchi
Delle cavalle vincitrici asterse
Tal che le greche insegne e il greco acciaro
Guidò de' Medi fuggitivi e stanchi
Nelle pallide torme; onde somaro
Di sconsolato grido
L'alto sen dell'Eufrate e il servo lido.

Vano dirai quel che disserra e scote
Della virtù nativa
Le riposte faville? e che del fioco
Spirto vital negli egri petti avviva
Il caduco fervor? Le meste rote
Da poi che Febo instiga, altro che gioco
Son l'opre de' mortali? ed è men vano
Della menzogna il vero? A noi di lieti
Inganni e di felici ombre soccorse
Natura stessa: e là dove l'insano
Costume ai forti errori esca non porse,

16

Negli ozi oscuri e nudi
Mutò la gente i gloriosi studi.

Tempo forse verrà ch'alle ruine
Delle italiche moli
Insultino gli armenti, e che l'aratro
Sentano i sette colli; e pochi Soli
Forse fien volti, e le città latine
Abiterà la cauta volpe, e l'atro
Bosco mormorerà fra le alte mura;
Se la funesta delle patrie cose
Obblivion dalle perverse menti
Non isgombrano i fati, e la matura
Clade non torce dalle abbiette genti
Il ciel fatto cortese
Dal rimembrar delle passate imprese.

Alla patria infelice, o buon garzone.
Sopravviver ti doglia
Chiaro per lei stato saresti allora
Che del serto fulgea, di ch'ella è spoglia.
Nostra colpa e fatal. Passò stagione;
Che nullo di tal madre oggi s'onora:
Ma per te stesso al polo ergi la mente.
Nostra vita a che val? solo a spregiarla:
Beata allor che ne' perigli avvolta,
Se stessa obblia, nè delle putrì e lente
Ore il danno misura e il flutto ascolta;
Beata allor che il piede
Spinto al varco leteo, più grata riede.

VI.

BRUTO MINORE.

Poi che divelta, nella tracia[5] polve
Giacque ruina immensa
L'italica virtute, onde alle valli
D'Esperia verde, e al tiberino lido,
Il calpestio de' barbari cavalli
Prepara il fato, e dalle selve ignudo
Cui l'Orsa algida preme,
A spezzar le romane inclite mura

17

Chiama i gotici brandi;
Sudato, e molle di fraterno sangue,
Bruto per l'atra notte in erma sede,
Fermo già di morir, gl'inesorandi
Numi e l'averno accusa,
E di feroci note
Invan la sonnolenta aura percote.

Stolta virtù, le cave nebbie, i campi
Dell'inquiete larve
Son le tue scole, e ti si volge a tergo
Il pentimento. A voi, marmorei numi,
(So numi avete in Flegetonte albergo
O su le nubi) a voi ludibrio o scherno
È la prole infelice
A cui templi chiedeste, e frodolenta
Legge al mortale insulta.
Dunque tanto i celesti odii commove
La terrena pietà? dunque degli empi
Siedi, Giove, a tutela? e quando esulta
Ter l'aere il nembo, e quando
il tuon rapido spingi,
Ne' giusti e pii la sacra fiamma stringi?

Preme il destino invitto e la ferrata
Necessità gl'infermi
Schiavi di morte: e se a cessar non vale
Gli oltraggi lor, de' necessarii danni
Si consola il plebeo. Men duro è il male
Che riparo non ha? dolor non sente
Chi di speranza è nudo?
Guerra mortale, eterna, o fato indegno,
Teco il prode guerreggia,
Di cedere inesperto; e la tiranna
Tua destra, allor che vincitrice il grava,
Indomito scrollando si pompeggia,
Quando nell'alto lato
L'amaro ferro intride,
E maligno alle nere ombre sorride.

Spiace agli Dei chi violento irrompe
Nel Tartaro. Non fora
Tanto valor ne' molli eterni petti.
Forse i travagli nostri, e forse il cielo
I casi acerbi e gl'infelici affetti
Giocondo agli ozi suoi spettacol pose?
Non fra sciagure e colpe,
Ma libera ne' boschi e pura etade

18

Natura a noi prescrisse,
Reina un tempo e Diva. Or poi ch'a terra
Sparse i regni beati empio costume,
E il viver macro ad altre leggi addisse;
Quando gl'infausti giorni
Virile alma ricusa,
Riede natura, e il non suo dardo accusa?

Di colpa ignare e de' lor proprii danni
Le fortunate belve
Serena adduce al non previsto passo
La tarda età. Ma se spezzar la fronte
Ne' rudi tronchi, o da montano sasso
Dare al vento precipiti le membra,
Lor suadesse affanno;
Al misero desio nulla contesa
Legge arcana farebbe
O tenebroso ingegno. A voi, fra quante
Stirpi il cielo avvivò, soli fra tutte,
Figli di Prometèo, la vita increbbe;
A voi le morte ripe.
Se il fato ignavo pende,
Soli, o miseri, a voi Giove contende.

E tu dal mar cui nostro sangue irriga,
Candida luna, sorgi,
E l'inquieta notte e la funesta
All'ausonio valor campagna esplori
Cognati petti il vincitor calpesta,
Fremono i poggi, dalle somme vette
Roma antica ruina;
Tu sì placida sei? Tu la nascente
Lavinia prole, e gli anni
Lieti vedesti, e i memorandi allori;
E tu su l'alpe l'immutato raggio
Tacita verserai quando ne' danni
Del servo italo nome,
Sotto barbaro piede
Rintronerà quella solinga sede.

Ecco tra nudi sassi o in verde ramo
E la fera e l'augello,
Del consueto obblio gravido il petto,
L'alta ruina ignora e le mutate
Sorti del mondo: e come prima il tetto
Rosseggerà del villanello industre,
Al mattutino canto
Quel desterà le valli, e per le balze

19

Quella l'inferma plebe
Agiterà delle minori belve.
Oh casi! oh gener vano! abbietta parte
Siam delle cose; e non le tinte glebe,
Non gli ululati spechi
Turbò nostra sciagura.
Nè scolorò le stelle umana cura.

Non io d'Olimpo o di Cocito i sordi
Regi, o la terra indegna,
E non la notte moribondo appello;
Non te, dell'atra morte ultimo raggio.
Conscia futura età. Sdegnoso avello
Placàr singulti, ornàr parole e doni
Di vil caterva? In peggio
Precipitano i tempi; e mal s'affida
A putridi nepoti
L'onor d'egregie menti e la suprema
De' miseri vendetta. A me dintorno
Le penne il bruno augello avido roti;
Prema la fera, e il nembo
Tratti l'ignota spoglia;
E l'aura il nome e la memoria accoglia.

VII.

ALLA PRIMAVERA,
O DELLE FAVOLE ANTICHE.

Perchè i celesti danni
Ristori il sole, e perchè l'aure inferme
Zefiro avvivi, onde fugata e sparta
Delle nubi la grave ombra s'avvalla;
Credano il petto inerme
Gli augelli al vento, e la diurna luce
Novo d'amor desio, nova speranza
Ne' penetrati boschi e fra le sciolte
Pruine induca alle commosse belve;
Forse alle stanche e nel dolor sepolte
Umane menti riede
La bella età, cui la sciagura e l'atra
Face del ver consunse
Innanzi tempo? Ottenebrati e spenti

20

Di febo i raggi al misero non sono
In sempiterno? ed anco,
Primavera odorata, inspiri e tenti
Questo gelido cor, questo ch'amara
Nel fior degli anni suoi vecchiezza impara?

Vivi tu, vivi, o santa
Natura? vivi e il dissueto orecchio
Della materna voce il suono accoglie?
Già di candide ninfe i rivi albergo,
Placido albergo e specchio
Furo i liquidi fonti. Arcane danze
D'immortal piede i ruinosi gioghi
Scossero e l'ardue selve (oggi romito
Nido de' venti): e il pastorel ch'all'ombre
Meridiane[6] incerte, ed al fiorito
Margo adducea de' fiumi
Le sitibonde agnelle, arguto carme
Sonar d'agresti Pani
Udì lungo le ripe; o tremar l'onda
Vide, e stupì, che non palese al guardo
La faretrata Diva
Scendea ne' caldi flutti, e dall'immonda
Polve tergea della sanguigna caccia
Il niveo lato e le verginee braccia.

Vissero i fiori e l'erbe
Vissero i boschi un dì. Conscie le molli
Aure, le nubi e la titania lampa
Fur dell'umana gente, allor che ignuda
Te per lo piagge e i colli,
Ciprigna luce, alla deserta notte
Con gli occhi intenti il viator seguendo,
Te compagna alla via, te de' mortali
Pensosa immaginò. Che se gl'impuri
Cittadini consorzi e le fatali
Ire fuggendo e l'onte,
Gl'ispidi tronchi al petto altri nell'ime
Selve remoto accolse,
Viva fiamma agitar l'esangui vene,
Spirar le foglie, e palpitar segreta
Nel doloroso amplesso
Dafne e la mesta Filli, o di Climene
Pianger credè la sconsolata prole
Quel che sommerse in Eridàno il sole.

Nè dell'umano affanno,
Rigide balze, i luttuosi accenti

Voi negletti ferìr mentre le vostre
Paurose latebre Eco solinga,
Non vano error de' venti,
Ma di ninfa abitò misero spirto,
Cui grave amor, cui duro fato escluse
Delle tenere membra. Ella per grotte,
Per nudi scogli e desolati alberghi.
Le non ignote ambasce e l'alte e rotte
Nostre querele al curvo
Etra insegnava. E te d'umani eventi
Disse la fama esperto,
Musico augel che tra chiomato bosco
Or vieni il rinascente anno cantando,
E lamentar nell'alto
Ozio de' campi, all'aer muto e fosco,
Antichi danni e scellerato scorno,
E d'ira e di pietà pallido il giorno.

Ma non cognato al nostro
Il gener tuo; quelle tue varie note
Dolor non forma, e te di colpa ignudo,
Men caro assai la bruna valle asconde.
Ahi ahi, poscia che vote
Son le stanze d'Olimpo, e cieco il tuono
Per l'atre nubi e le montagne errando.
Gl'iniqui petti e gl'innocenti a paro
In freddo orror dissolve; e poi ch'estrano
Il suol nativo, e di sua prole ignaro
Le meste anime educa;
Tu le cure infelici e i fati indegni
Tu de' mortali ascolta,
Vaga natura, e la favilla antica
Rendi allo spirto mio; se tu pur vivi,
E se de' nostri affanni
Cosa veruna in ciel, se nell'aprica
Terra s'alberga o nell'equoreo seno,
Pietosa no, ma spettatrice almeno.

VIII.

INNO AI PATRIARCHI.
O DE' PRINCIPII DEL GENERE UMANO.

E voi de' figli dolorosi il canto.
Voi dell'umana prole incliti padri.
Lodando ridirà; molto all'eterno
Degli astri agitator più cari, e molto
Di noi men lacrimabili nell'alma
Luce prodotti. Immedicati affanni
Al misero mortal, nascere al pianto.
E dell'etereo lume assai più dolci
Sortir l'opaca tomba e il fato estremo,
Non la pietà, non la diritta impose
Legge del cielo. E se di vostro antico
Error che l'uman seme alla tiranna
Possa de' morbi e di sciagura offerse,
Grido antico ragiona, altre più dire
Colpe de' figli, o irrequieto ingegno,
E demenza maggior l'offeso Olimpo
N'armaro incontra, e la negletta mano
Dell'altrice natura; onde la viva
Fiamma n'increbbe, e detestato il parto
Fu del grembo materno, e violento
Emerse il disperato Erebo in terra.

Tu primo il giorno, e le purpuree faci
Delle rotanti sfere, e la novella
Prole de' campi, o duce antico e padre
Dell'umana famiglia, e tu l'errante
Per li giovani prati aura contempli:
Quando le rupi e le deserte valli
Precipite l'alpina onda feria
D'inudito fragor; quando gli ameni
Futuri seggi di lodate genti
E di cittadi romorose, ignota
Pace regnava; e gl'inarati colli
Solo e muto ascendea l'aprico raggio
Di febo e l'aurea luna. Oh fortunata.
Di colpe ignara e di lugùbri eventi.
Erma terrena sede! Oh quanto affanno
Al gener tuo, padre infelice, e quale
D'amarissimi casi ordine immenso
Preparano i destini! Ecco di sangue
Gli avari cólti e di fraterno scempio
Furor novello incesta, e le nefande
Ali di morte il divo etere impara.
Trepido, errante il fratricida, e l'ombre
Solitarie fuggendo e la secreta
Nelle profonde selve ira de' venti,
Primo i civili tetti, albergo e regno
Alle macere cure, innalza[7]; e primo

23

Il disperato pentimento i ciechi
Mortali egro, anelante, aduna e stringe
Ne' consorti ricetti: onde negata
L'improba mano al curvo aratro, e vili
Fur gli agresti sudori; ozio le soglie
Scellerate occupò; ne' corpi inerti
Domo il vigor natio, languide, ignave
Giacquer le menti; e servitù le imbelli
Umane vite, ultimo danno, accolse.

E tu dall'etra infesto e dal mugghiante
Su i nubiferi gioghi equoreo flutto
Scampi l'iniquo germe, o tu cui prima
Dall'aer cieco e da' natanti poggi
Segno arrecò d'instaurata spene
La candida colomba, e delle antiche
Nubi l'occiduo Sol naufrago uscendo.
L'atro polo di vaga iri dipinse.
Riede alla terra, e il crudo affetto e gli empi
Studi rinnova e le seguaci ambasce
La riparata gente. Agl'inaccessi
Regni del mar vendicatore illude
Profana destra, e la sciagura e il pianto
A novi liti e nove stelle insegna.

Or te, padre de' pii, te giusto e forte,
E di tuo seme i generosi alunni
Medita il petto mio. Dirò siccome
Sedente, oscuro, in sul meriggio all'ombre
Del riposato albergo, appo le molli
Rive del gregge tuo nutrici e sedi,
Te de' celesti peregrini occulto
Beàr l'etereo menti; e quale, o figlio
Della saggia Rebecca, in su la sera,
Presso al rustico pozzo e nella dolce
Di pastori e di lieti ozi frequente
Aranitica valle, amor ti punse
Della vezzosa Labanide: invitto
Amor, ch'a lunghi esigli e lunghi affanni
E di servaggio all'odiata soma
Volenteroso il prode animo addisse.

Fu certo, fu (nè d'error vano e d'ombra
L'aonio canto e della fama il grido
Pasco l'avida plebe) amica un tempo
Al sangue nostro o dilottosa e cara
Questa misera piaggia, od aurea corse
Nostra caduca età. Non che di latte

24

Onda rigasse intemerata il fianco
Delle balze materne, o con le greggi
Mista la tigre ai consueti ovili
Nè guidasse per gioco i lupi al fonte
Il pastorel; ma di suo fato ignara
E degli affanni suoi, vota d'affanno
Visse l'umana stirpe; alle secrete
Leggi del cielo e di natura indutto
Valse l'ameno error, le fraudi, il molle
Pristino velo; e di sperar contenta
Nostra placida nave in porto ascese.

Tal fra le vaste californie selve
Nasce beata prole, a cui non sugge
Pallida cura il petto, a cui le membra
Fera tabe non doma; e vitto il bosco,
Nidi l'intima rupe, onde ministra
L'irrigua valle, inopinato il giorno
Dell'atra morte incombe. Oh contro il nostro
Scellerato ardimento inermi regni
Della saggia natura! I lidi e gli antri
E le quiete selve apre l'invitto
Nostro furor; le violate genti
Al peregrino affanno, agl'ignorati
Desiri educa; e la fugace, ignuda
Felicità per l'imo sole incalza[8].

IX.

ULTIMO CANTO DI SAFFO.

Placida notte, e verecondo raggio
Della cadente luna; e tu che spunti
Fra la tacita selva in su le rupe,
Nunzio del giorno; oh dilettoso e care
Mentre ignote mi fur l'erinni e il fato,
Sembianze agli occhi miei; già non arride
Spettacol molle ai disperati affetti.
Noi l'insueto allor gaudio ravviva
Quando per l'etra liquido si volve
E per li campi trepidanti il flutto
Polveroso de' Noti, e quando il carro.
Grave carro di Giove a noi sul capo

Tonando, il tenebroso aere divide.
Noi per le balze e le profonde valli
Natar giova tra' nembi, e noi la vasta
Fuga de' greggi sbigottiti, o d'alto
Fiume alla dubbia sponda
Il suono e la vittrice ira dell'onda.

Bello il tuo manto, o divo cielo, e bella
Sei tu, rorida terra. Ahi di cotesta
Infinita beltà parte nessuna
Alla misera Saffo i numi e l'empia
Sorte non fenno. A' tuoi superbi regni
Vile, o natura, e grave ospite addetta,
E dispregiata amante, alle vezzose
Tue forme il core e le pupille invano
Supplichevole intendo. A me non ride
L'aprico margo, e dall'eterea porta
Il mattutino albor; me non il canto
De' colorati augelli, e non de' faggi
Il murmure saluta: e dove all'ombra
Degl'inchinati salici dispiega
Candido rivo il puro seno, al mio
Lubrico piè le flessuose linfe
Disdegnando sottraggo,
E preme in fuga l'odorate spiagge.

Qual fallo mai, qual sì nefando eccesso
Macchiommi anzi il natale, onde sì torvo
Il ciel mi fosse e di fortuna il volto?
In che peccai bambina, allor che ignara
Di misfatto è la vita, onde poi scemo
Di giovinezza, o disfiorato, al fuso
Dell'indomita Parca si volvesse
Il ferrigno mio stame? Incaute voci
Spande il tuo labbro: i destinati eventi
Move arcano consiglio. Arcano è tutto,
Fuor che il nostro dolor. Negletta prole
Nascemmo al pianto, e la ragione in grembo
De' celesti si posa. Oh cure, oh speme
De' più verd'anni! Alle sembianze il Padre,
Alle amene sembianze eterno regno
Diè nelle genti; e per virili imprese,
Per dotta lira o canto,
Virtù non luce in disadorno ammanto.

Morremo. Il velo indegno a terra sparto.
Rifuggirà l'ignudo animo a Dite,
E il crudo fallo emenderà del cieco

Dispensator de' casi. E tu cui lungo
Amore indarno, e lunga fede, e vano
D'implacato desio furor mi strinse,
Vivi felice, se felice in terra
Visse nato mortal. Me non asperse
Del soave licor del doglio avaro
Giove, poi che perìr gl'inganni e il sogno
Della mia fanciullezza. Ogni più lieto
Giorno di nostra età primo s'invola.
Sottentra il morbo, e la vecchiezza, e l'ombra
Della gelida morte. Ecco di tante
Sperate palme e dilettosi errori,
Il Tartaro m'avanza; e il prode ingegno
Han la tenaria Diva,
E l'atra notte, e la silente riva.

X.   *→ his cousin Gertrude as subject*

IL PRIMO AMORE.

Tornami a mente il dì che la battaglia
D'amor sentii la prima volta, e dissi:
Oimè, se quest'è amor, com'ei travaglia!   *→ hypocrisy : fetishising of innocence*

Che gli occhi al suol tuttora intenti e fissi,   *penetration : sexual*
Io mirava colei ch'a questo core
Primiera il varco ed innocente aprissi.
     gap, opening   *→ Petrarchan feelings of*
Ahi come mal mi governasti, amore!   *pain*
Perchè seco dovea sì dolce affetto
Recar tanto desio, tanto dolore?   *→ alliteration : harsh sounds*
                                        of love
E non sereno, e non intero e schietto,   *→ wants a pure and*
Anzi pien di travaglio e di lamento   *sweet love*
Al cor mi discendea tanto diletto?   *→ irony as he himself is*
Rhetoric   *complaining*
Dimmi, tenero core, or che spavento,
Che angoscia era la tua fra quel pensiero
Presso al qual t'era noia ogni contento?

Quel pensier che nel dì, che lusinghiero
Ti si offeriva nella notte, quando
Tutto queto parea nell'emisfero:

27

Tu inquieto, e felice e miserando,
M'affaticavi in su le piume il fianco,
Ad ogni or fortemente palpitando.

E dove io tristo ed affannato e stanco
Gli occhi al sonno chiudea, come per febre
Rotto e deliro il sonno venia manco.

Oh come viva in mezzo alle tenebre
Sorgea la dolce imago, e gli occhi chiusi
La contemplavan sotto alle palpebre!

Oh come soavissimi diffusi
Moti per l'ossa mi serpeano! oh come
Mille nell'alma instabili, confusi
Pensieri si volgean! qual tra le chiome
D'antica selva zefiro scorrendo,
Un lungo, incerto mormorar ne prome.

E mentre io taccio, e mentre io non contendo,
Che dicevi, o mio cor, che si partia
Quella per che penando ivi e battendo?

Il cuocer non più tosto io mi sentia
Della vampa d'amor, che il venticello
Che l'aleggiava, volossene via.

Senza sonno io giacea sul dì novello,
E i destrier che dovean farmi deserto,
Battean la zampa sotto al patrio ostello.

Ed io timido e cheto ed inesperto,
Vèr lo balcone al buio protendea
L'orecchio avido e l'occhio indarno aperto,

La voce ad ascoltar, se ne dovea
Di quelle labbra uscir, ch'ultima fosse;
La voce, ch'altro il cielo, ahi, mi togliea.

Quante volte plebea voce percosse
Il dubitoso orecchio, e un gel mi prese,
E il core in forse a palpitar si mosse!

E poi che finalmente mi discese
La cara voce al core, e de' cavai
E delle rote il romorio s'intese;

28

Orbo rimaso allor, mi rannicchiai
Palpitando nel letto e, chiusi gli occhi,
Strinsi il cor con la mano, e sospirai.

Poscia traendo i tremuli ginocchi
Stupidamente per la muta stanza,
Ch'altro sarà, dicea, che il cor mi tocchi?

Amarissima allor la ricordanza
Locommisi nel petto, e mi serrava
Ad ogni voce il core, a ogni sembianza.

E lunga doglia il sen mi ricercava,
Com'è quando a distesa Olimpo piove
Malinconicamente e i campi lava.

Ned io ti conoscea, garzon di nove
E nove Soli, in questo a pianger nato
Quando facevi, amor, le prime prove.

Quando in ispregio ogni piacer, nè grato
M'era degli astri il riso, o dell'aurora
Queta il silenzio, o il verdeggiar del prato.

Anche di gloria amor taceami allora
Nel petto, cui scaldar tanto solea,
Che di beltade amor vi fea dimora.

Nè gli occhi ai noti studi io rivolgea,
E quelli m'apparian vani per cui
Vano ogni altro desir creduto avea.

Deh come mai da me sì vario fui,
E tanto amor mi tolse un altro amore?
Deh quanto, in verità, vani siam nui!

Solo il mio cor piaceami, e col mio core
In un perenne ragionar sepolto,
Alla guardia seder del mio dolore.

E l'occhio a terra chino o in sè raccolto,
Di riscontrarsi fuggitivo e vago
Nè in leggiadro soffria nè in turpe volto:

Che la illibata, la candida imago
Turbare egli temea pinta nel seno,
Come all'aure si turba onda di lago.

29

E quel di non aver goduto appieno
Pentimento, che l'anima ci grava,
E il piacer che passò cangia in veleno,

Per li fuggiti dì mi stimolava
Tuttora il sen: che la vergogna il duro
Suo morso in questo cor già non oprava.

Al cielo, a voi, gentili anime, io giuro
Che voglia non m'entrò bassa nel petto,
Ch'arsi di foco intaminato e puro.

Vive quel foco ancor, vive l'affetto,
Spira nel pensier mio la bella imago,
Da cui, se non celeste, altro diletto

Giammai non ebbi, e sol di lei m'appago.

XI.

IL PASSERO SOLITARIO.

D'in su la vetta della torre antica,
Passero solitario, alla campagna
Cantando vai finchè non more il giorno;
Ed erra l'armonia per questa valle.
Primavera dintorno
Brilla nell'aria, e per li campi esulta,
Sì ch'a mirarla intenerisce il core.
Odi greggi belar, muggire armenti;
Gli altri augelli contenti, a gara insieme
Per lo libero ciel fan mille giri,
Pur festeggiando il lor tempo migliore:
Tu pensoso in disparte il tutto miri;
Non compagni, non voli,
Non ti cal d'allegria, schivi gli spassi;
Canti, o così trapassi
Dell'anno e di tua vita il più bel fiore.

Oimè, quanto somiglia
Al tuo costume il mio! Sollazzo e riso,
Della novella età dolce famiglia,

30

E te german di giovinezza, amore,
Sospiro acerbo de' provetti giorni,
Non curo, io non so come; anzi da loro
Quasi fuggo lontano;
Quasi romito, e strano
Al mio loco natio.
Passo del viver mio la primavera.
Questo giorno ch'omai cede alla sera,
Festeggiar si costuma al nostro borgo.
Odi per lo sereno un suon di squilla,
Odi spesso un tonar di ferree canne.
Che rimbomba lontan di villa in villa.
Tutta vestita a festa
La gioventù del loco
Lascia le case, e per le vie si spande;
E mira ed è mirata, e in cor s'allegra.
Io solitario in questa
Rimota parte alla campagna uscendo,
Ogni diletto e gioco
Indugio in altro tempo: e intanto il guardo
Steso nell'aria aprica
Mi fere il Sol che tra lontani monti,
Dopo il giorno sereno,
Cadendo si dilegua, e par che dica
Che la beata gioventù vien meno.

Tu, solingo augellin, venuto a sera
Del viver che daranno a te le stelle,
Certo del tuo costume
Non ti dorrai; che di natura è frutto
Ogni vostra vaghezza.
A me, se di vecchiezza
La detestata soglia
Evitar non impetro,
Quando muti questi occhi all'altrui core,
E lor fia vòto il mondo, e il dì futuro
Del dì presente più noioso e tetro,
Che parrà di tal voglia?
Che di quest'anni miei? che di me stesso?
Ahi pentirommi, e spesso.
Ma sconsolato, volgerommi indietro.

XII.

L'INFINITO.

how the place that was once home now suffocates him, and he welcomes death to escape

Sempre caro mi fu quest'ermo colle,
E questa siepe, che da tanta parte
Dell'ultimo orizzonte il guardo esclude.
Ma sedendo e mirando, interminati
Spazi di là da quella, e sovrumani
Silenzi, e profondissima quiete
Io nel pensier mi fingo; ove per poco
Il cor non si spaura. E come il vento
Odo stormir tra queste piante, io quello
Infinito silenzio a questa voce
Vo comparando: e mi sovvien l'eterno,
E le morte stagioni, e la presente
E viva, e il suon di lei. Così tra questa
Immensità s'annega il pensier mio;
E il naufragar m'è dolce in questo mare.

XIII.

LA SERA DEL DÌ DI FESTA.

Dolce e chiara è la notte e senza vento,
E queta sovra i tetti e in mezzo agli orti
Posa la luna, e di lontan rivela
Serena ogni montagna. O donna mia,
Già tace ogni sentiero, e poi balconi
Rara traluce la notturna lampa:
Tu dormi, che t'accolse agevol sonno
Nelle tue chete stanze; o non ti morde
Cura nessuna; e già non sai nè pensi
Quanta piaga m'apristi in mezzo al petto.
Tu dormi: io questo ciel, che sì benigno
Appare in vista, a salutar m'affaccio,
E l'antica natura onnipossente,
Che mi fece all'affanno. A te la speme
Nego, mi disse, anche la speme; e d'altro
Non brillin gli occhi tuoi se non di pianto.
Questo dì fu solenne: or da' trastulli
Prendi riposo; e forse ti rimembra
In sogno a quanti oggi piacesti, e quanti
Piacquero a te: non io, non già ch'io speri,

32

Al pensier ti ricorro. Intanto io chieggo
Quanto a viver mi resti, e qui per terra
Mi getto, e grido, e fremo. O giorni orrendi
In così verde etate! Ahi, per la via
Odo non lunge il solitario canto
Dell'artigian, che riede a tarda notte,
Dopo i sollazzi, al suo povero ostello;
E fieramente mi si stringe il core,
A pensar come tutto al mondo passa,
E quasi orma non lascia. Ecco è fuggito
Il dì festivo, ed al festivo il giorno
Volgar succede, e se ne porta il tempo
Ogni umano accidente. Or dov'è il suono
Di que' popoli antichi! or dov'è il grido
De' nostri avi famosi, e il grande impero
Di quella Roma, e l'armi, e il fragorio
Che n'andò per la terra e l'oceano?
Tutto è pace e silenzio, e tutto posa
Il mondo, e più di lor non si ragiona.
Nella mia prima età, quando s'aspetta
Bramosamente il dì festivo, or poscia
Ch'egli era spento, io doloroso, in veglia,
Premea le piume; ed alla tarda notte
Un canto che s'udia per li sentieri
Lontanando morire a poco a poco.
Già similmente mi stringeva il core.

XIV.

ALLA LUNA.

O graziosa luna, io mi rammento
Che, or volge l'anno, sovra questo colle
Io venia pien d'angoscia a rimirarti:
E tu pendevi allor su quella selva
Siccome or fai, che tutta la rischiari.
Ma nebuloso e tremulo dal pianto
Che mi sorgea sul ciglio, alle mie luci
Il tuo volto apparia, che travagliosa
Era mia vita: ed è, nè cangia stile,
O mia diletta luna. E pur mi giova
La ricordanza, e il noverar l'etate
Del mio dolore. Oh come grato occorre

Nel tempo giovanil, quando ancor lungo
La speme e breve ha la memoria il corso.
Il rimembrar delle passate cose,
Ancor che triste, e che l'affanno duri!

XV.

IL SOGNO.

Era il mattino, e tra le chiuse imposte
Per lo balcone insinuava il Sole
Nella mia cieca stanza il primo albore;
Quando in sul tempo che più leve il sonno
E più soave le pupille adombra,
Stettemi allato e riguardommi in viso
Il simulacro di colei che amore
Prima insegnommi, e poi lasciommi in pianto.
Morta non mi parea, ma trista, e quale
Degl'infelici è la sembianza. Al capo
Appressommi la destra, e sospirando,
Vivi, mi disse, e ricordanza alcuna
Serbi di noi? Donde, risposi, e come
Vieni, o cara beltà? Quanto, deh quanto
Di te mi dolse e duol: nè mi credea
Che risaper tu lo dovessi; e questo
Facea più sconsolato il dolor mio.
Ma sei tu per lasciarmi un'altra volta?
Io n'ho gran tema. Or dimmi, e che t'avvenne?
Sei tu quella di prima? E che ti strugge
Internamente? Obblivione ingombra
I tuoi pensieri, e gli avviluppa il sonno;
Disse colei. Son morta, e mi vedesti
L'ultima volta, or son più lune. Immensa
Doglia m'oppresse a queste voci il petto.
Ella seguì: nel fior degli anni estinta,
Quand'è il viver più dolce, e pria che il core
Certo si renda com'è tutta indarno
L'umana speme. A desiar colei
Che d'ogni affanno il tragge, ha poco andare
L'egro mortal; ma sconsolata arriva
La morte ai giovanetti, e duro è il fato
Di quella speme che sotterra è spenta.
Vano è saper quel che natura asconde

34

Agl'inesperti della vita, e molto
All'immatura sapienza il cieco
Dolor prevale. Oh sfortunata, oh cara,
Taci, taci, diss'io, che tu mi schianti
Con questi detti il còr. Dunque sei morta,
O mia diletta, ed io son vivo, ed era
Pur fisso in ciel che quei sudori estremi
Cotesta cara e tenerella salma
Provar dovesse, a me restasse intera
Questa misera spoglia? Oh quante volte
In ripensar che più non vivi, e mai
Non avverrà ch'io ti ritrovi al mondo,
Creder noi posso! Ahi ahi, che cosa è questa
Che morte s'addimanda? Oggi per prova
Intenderlo potessi, e il capo inerme
Agli atroci del fato odii sottrarre!
Giovane son, ma si consuma e perde
La giovanezza mia come vecchiezza;
La qual pavento, e pur m'è lunge assai.
Ma poco da vecchiezza si discorda
Il fior dell'età mia. Nascemmo al pianto,
Disse, ambedue; felicità non rise
Al viver nostro; e dilettossi il cielo
De' nostri affanni. Or se di pianto il ciglio,
Soggiunsi, e di pallor velato il viso
Per la tua dipartita, e se d'angoscia
Porto gravido il cor; dimmi: d'amore
Favilla alcuna, o di pietà, giammai
Verso il misero amante il cor t'assalse
Mentre vivesti? Io disperando allora
E sperando traea le notti e i giorni;
Oggi nel vano dubitar si stanca
La mente mia. Che se una volta sola
Dolor ti strinse di mia negra vita,
Non mel celar, ti prego, e mi soccorra
La rimembranza or che il futuro è tolto
Ai nostri giorni. E quella: ti conforta,
O sventurato. Io di pietade avara
Non ti fui mentre vissi, ed or non sono,
Che fui misera anch'io. Non far querela
Di questa infelicissima fanciulla.
Per le sventure nostre, e per l'amore
Che mi strugge, esclamai; por lo diletto
Nome di giovanezza e la perduta
Speme dei nostri dì, concedi, o cara,
Che la tua destra io tocchi. Ed ella, in atto
Soave e tristo, la porgeva. Or mentre
Di baci la ricopro, e d'affannosa

Dolcezza palpitando all'anelante
Seno la stringo, di sudore il volto
Ferveva e il petto, nelle fauci stava
La voce, al guardo traballava il giorno.
Quando colei teneramente aflissi
Gli occhi negli occhi miei, già scordi, o caro,
Disse, clie di beltà son fatta ignuda?
E tu d'amore, o sfortunato, indarno
Ti scaldi e fremi. Or finalmente addio.
Nostre misere menti e nostre salme
Son disgiunte in eterno. A me non vivi,
E mai più non vivrai: già ruppe il fato
La fè che mi giurasti. Allor d'angoscia
Gridar volendo, e spasimando, e pregne
Di sconsolato pianto le pupille,
Dal sonno mi disciolsi. Ella negli occhi
Pur mi restava, e nell'incerto raggio
Del Sol vederla io mi credeva ancora.

XVI.

LA VITA SOLITARIA.

La mattutina pioggia, allor che l'ale
Battendo esulta nella chiusa stanza
La gallinella, ed al balcon s'affaccia
L'abitator de' campi, e il Sol che nasce
I suoi tremuli rai fra le cadenti
Stille saetta, alla capanna mia
Dolcemente picchiando, mi risveglia;
E sorgo, e i lievi nugoletti, e il primo
Degli augelli susurro, e l'aura fresca,
E le ridenti piagge benedico:
Poichè voi, cittadine infauste mura.
Vidi e conobbi assai, là dove segue
Odio al dolor compagno; e doloroso
Io vivo, e tal morrò, deh tosto! Alcuna
Benchè scarsa pietà pur mi dimostra
Natura in questi lochi, un giorno oh quanto
Verso me più cortese! E tu pur volgi
Dai miseri lo sguardo; e tu, sdegnando
Le sciagure e gli affanni, alla reina
Felicità servi, o natura. In cielo,

In terra amico agl'infelici alcuno
E rifugio non resta altro che il ferro.

Talor m'assido in solitaria parte,
Sovra un rialto, al margine d'un lago
Di taciturne piante incoronato.
Ivi, quando il meriggio in ciel si volve,
La sua tranquilla imago il Sol dipinge,
Ed erba o foglia non si crolla al vento,
E non onda incresparsi, e non cicala
Strider, nè batter penna augello in ramo,
Nè farfalla ronzar, nè voce o moto
Da presso nè da lunge odi nè vedi.
Tien quelle rive altissima quiete;
Ond'io quasi me stesso e il mondo obblio
Sedendo immoto; e già mi par che sciolte
Giaccian le membra mie, nè spirto o senso
Più le commova, e lor quiete antica
Co' silenzi del loco si confonda.

Amore, amore, assai lungi volasti
Dal petto mio, che fu sì caldo un giorno,
Anzi rovente. Con sua fredda mano
Lo strinse la sciaura, e in ghiaccio è vòlto
Nel fior degli anni. Mi sovvien del tempo
Che mi scendesti in seno. Era quel dolce
E irrevocabil tempo, allor che s'apre
Al guardo giovanii questa infelice
Scena del mondo, e gli sorride in vista
Di paradiso. Al garzoncello il core
Di vergine speranza e di desio
Balza nel petto; e già s'accinge all'opra
Di questa vita come a danza o gioco
Il misero mortal. Ma non sì tosto,
Amor, di te m'accorsi, e il viver mio
Fortuna avea già rotto, od a questi occhi
Non altro convenia che il pianger sempre.
Pur se talvolta per le piagge apriche,
Su la tacita aurora o quando al sole
Brillano i tetti e i poggi e le campagne.
Scontro di vaga donzelletta il viso;
O qualor nella placida quiete
D'estiva notte, il vagabondo passo
Di rincontro alle ville soffermando.
L'erma terra contemplo, e di fanciulla
Che all'opre di sua man la notte aggiunge
Odo sonar nelle romite stanze
L'arguto canto; a palpitar si move

37

Questo mio cor di sasso: ahi, ma ritorna
Tosto al ferreo sopor; ch'è fatto estrano
Ogni moto soave al petto mio.

O cara luna, al cui tranquillo raggio
Danzan le lepri nelle selve; e duolsi
Alla mattina il cacciator, che trova
L'orme intricate e false, e dai covili
Error vario lo svia; salve, o benigna
Delle notti reina. Infesto scende
Il raggio tuo fra macchie e balze o dentro
A deserti edifici, in su l'acciaro
Del pallido ladron ch'a teso orecchio
Il fragor delle rote e de' cavalli
Da lungi osserva o il calpestio de' piedi
Sulla tacita via; poscia improvviso
Col suon dell'armi e con la rauca voce
E col funereo ceffo il core agghiaccia
Al passegger, cui semivivo e nudo
Lascia in breve tra' sassi. Infesto occorre
Per le contrade cittadine il bianco
Tuo lume al drudo vil, che degli alberghi
Va radendo le mura e la secreta
Ombra seguendo, e resta, e si spaura
Delle ardenti lucerne e degli aperti
Balconi. Infesto alle malvage menti,
A me sempre benigno il tuo cospetto
Sarà per queste piagge, ove non altro
Che lieti colli e spaziosi campi
M'apri alla vista. Ed ancor io soleva,
Bench'innocente io fossi, il tuo vezzoso
Raggio accusar negli abitati lochi,
Quand'ei m'offriva al guardo umano, e quando
Scopriva umani aspetti al guardo mio.
Or sempre loderollo, o ch'io ti miri
Veleggiar tra le nubi, o che serena
Dominatrice dell'etereo campo,
Questa flebil riguardi umana sede.
Me spesso rivedrai solingo e muto
Errar pe' boschi e per le verdi rive,
O seder sovra l'erbe, assai contento
Se core e lena a sospirar m'avanza.

XVII.

CONSALVO.

Presso alla fin di sua dimora in terra,
Giacea Consalvo; disdegnoso un tempo
Del suo destino, or già non più, che a mezzo
Il quinto lustro, gli pendea sul capo
Il sospirato obblio. Qual da gran tempo,
Così giacea nel funeral suo giorno
Dai più diletti amici abbandonato:
Ch'amico in terra al lungo andar nessuno
Resta a colui che della terra è schivo.
Pur gli era al fianco, da pietà condotta
A consolare il suo deserto stato,
Quella che sola e sempre eragli a mente,
Per divina beltà famosa Elvira;
Conscia del suo poter, conscia che un guardo
Suo lieto, un detto d'alcun dolce asperso,
Ben mille volte ripetuto e mille
Nel costante pensier, sostegno e cibo
Esser solea dell'infelice amante:
Benchè nulla d'amor parola udita
Avess'ella da lui. Sempre in quell'alma
Era del gran desio stato più forte
Un sovrano timor. Così l'avea
Fatto schiavo e fanciullo il troppo amore.

Ma ruppe alfin la morte il nodo antico
Alla sua lingua. Poichè certi i segni
Sentendo di quel dì che l'uom discioglie,
Lei, già mossa a partir, presa per mano,
E quella man bianchissima stringendo,
Disse: tu parti, e l'ora ornai ti sforza:
Elvira, addio. Non ti vedrò, ch'io creda,
Un'altra volta. Or dunque addio. Ti rendo
Qual maggior grazia mai delle tue cure
Dar possa il labbro mio. Premio daratti
Chi può, se premio ai pii dal ciel si rende.
Impallidia la bella, e il petto anelo
Udendo le si fea: chè sempre stringe
All'uomo il cor dogliosamente, ancora
Ch'estranio sia, chi si diparte, e dice
Addio per sempre. E contraddir voleva,
Dissimulando l'appressar del fato,
Al moribondo. Ma il suo dir prevenne
Quegli, e soggiunse: desiata, e molto,
Come sai, ripregata a me discende,

Non temuta, la morte; e lieto apparmi
Questo feral mio dì. Pesami, è vero,
Che te perdo per sempre. Oimè per sempre
Parto da te. Mi si divide il core
In questo dir. Più non vedrò quegli occhi.
Nè la tua voce udrò! Dimmi: ma pria
Di lasciarmi in eterno, Elvira, un bacio
Non vorrai tu donarmi? un bacio solo
In tutto il viver mio? Grazia ch'ei chiegga
Non si nega a chi muor. Nè già vantarmi
Potrò del dono, io semispento, a cui
Straniera man le labbra oggi fra poco
Eternamente chiuderà. Ciò detto
Con un sospiro, all'adorata destra
Le fredde labbra supplicando affisse.

Stette sospesa e pensierosa in atto
La bellissima donna; e fiso il guardo,
Di mille vezzi sfavillante, in quello
Tenea dell'infelice, ove l'estrema
Lacrima rilucea. Nè dielle il core
Di sprezzar la dimanda, e il mesto addio
Rinacerbir col niego; anzi la vinse
Misericordia dei ben noti ardori.
E quel volto celeste, e quella bocca,
Già tanto desiata, e per molt'anni
Argomento di sogno e di sospiro,
Dolcemente appressando al volto afflitto
E scolorato dal mortale affanno,
Più baci e più, tutta benigna e in vista
D'alta pietà, su le convulse labbra
Del trepido, rapito amante impresse.

Che divenisti allor? quali apparïro
Vita, morte, sventura agli occhi tuoi,
Fuggitivo Consalvo? Egli la mano.
Ch'ancor tenea, della diletta Elvira
Postasi al cor, che gli ultimi battea
Palpiti della morte e dell'amore,
Oh, disse, Elvira, Elvira mia! ben sono
In su la terra ancor; ben quelle labbra
Fur le tue labbra, e la tua mano io stringo!
Ahi vision d'estinto, o sogno, o cosa
Incredibil mi par. Deh quanto, Elvira,
Quanto debbo alla morte! Ascoso innanzi
Non ti fu l'amor mio per alcun tempo;
Non a te, non altrui; chè non si cela
Vero amore alla terra. Assai palese

Agli atti, al volto sbigottito, agli occhi,
Ti fu: ma non ai detti. Ancora e sempre
Muto sarebbe l'infinito affetto
Che governa il cor mio, se non l'avesse
Fatto ardito il morir. Morrò contento
Del mio destino omai, nè più mi dolgo
Ch'aprii le luci al dì. Non vissi indarno,
Poscia che quella bocca alla mia bocca
Premer fu dato. Anzi felice estimo
La sorte mia. Duo cose belle ha il mondo:
Amore e morte. All'una il ciel mi guida
In sul fior dell'età; nell'altro, assai
Fortunato mi tengo. Ah, se una volta,
Solo una volta il lungo amor quieto
E pago avessi tu, fòra la terra
Fatta quindi per sempre un paradiso
Ai cangiati occhi miei. Fin la vecchiezza,
L'abborrita vecchiezza, avrei sofferto
Con riposato cor: chè a sostentarla
Bastato sempre il rimembrar sarebbe
D'un solo istante, e il dir: felice io fui
Sovra tutti i felici. Ahi, ma cotanto
Esser beato non consente il cielo
A natura terrena. Amar tant'oltre
Non è dato con gioia. E ben per patto
In poter del carnefice ai flagelli,
Alle ruote, alle faci ito volando
Sarei dalle tue braccia; e ben disceso
Nel paventato sempiterno scempio.

O Elvira, Elvira, oh lui felice, oh sovra
Gl'immortali beato, a cui tu schiuda
Il sorriso d'amor! felice appresso
Chi per te sparga con la vita il sangue!
Lice, lice al mortal, non è già sogno
Come stimai gran tempo, ahi lice in terra
Provar felicità. Ciò seppi il giorno
Che fiso io ti mirai. Ben per mia morte
Questo m'accadde. E non però quel giorno
Con certo cor giammai, fra tante ambasce,
Quel fiero giorno biasimar sostenni.

Or tu vivi beata, o il mondo abbella,
Elvira mia, col tuo sembiante. Alcuno
Non l'amerà quant'io l'amai. Non nasce
Un altrettale amor. Quanto, deh quanto
Dal misero Consalvo in sì gran tempo
Chiamata fosti, e lamentata, e pianta!

41

Come al nome d'Elvira, in cor gelando,
Impallidir; come tremar son uso
All'amaro calcar della tua soglia,
A quella voce angelica, all'aspetto
Di quella fronte, io ch'ai morir non tremo!
Ma la lena e la vita or vengon meno
Agli accenti d'amor. Passato è il tempo,
Nè questo dì rimemorar m'è dato.
Elvira, addio. Con la vital favilla
La tua diletta immagine si parte
Dal mio cor finalmente. Addio. Se grave
Non ti fu quest'affetto, al mio ferètro
Dimani all'annottar manda un sospiro.

Tacque: nè molto andò, che a lui col suono
Mancò lo spirto; e innanzi sera il primo
Suo dì felice gli fuggia dal guardo.

XVIII.

suggests someone else's

ALLA SUA DONNA.

establishing a distance:
physical "lunge",
"veiled of face"

Cara beltà che amore
Lunge m'inspiri o nascondendo il viso,
Fuor se nel sonno il core
Ombra diva mi scuoti,
O ne' campi ove splenda
Più vago il giorno e di natura il riso;
Forse tu l'innocente
Secol beasti che dall'oro ha nome.

represented
in the intangible

Or leve intra la gente → *a "phantom", a "spirit" not a person*
Anima voli? o te la sorte avara
Ch'a noi t'asconde, agli avvenir prepara? → *hidden: not real*

Viva mirarti omai
Nulla spene m'avanza;
S'allor non fosse, allor che ignudo e solo
Per novo calle a peregrina stanza
Verrà lo spirto mio. Già sul novello
Aprir di mia giornata incerta e bruna,
Te viatrice in questo arido suolo
Io mi pensai. Ma non è cosa in terra → *She is not of*
Che ti somigli; e s'anco pari alcuna   *this earth: divine*

42

(Petrarchan)

Ti fosse al volto, agli atti, alla favella,
Saria, così conforme, assai men bella.

Fra cotanto dolore
Quanto all'umana età propose il fato,
Se vera e quale il mio pensier ti pinge,
Alcun t'amasse in terra, a lui pur fòra
Questo viver beato:
E ben chiaro vegg'io siccome ancora
Seguir loda e virtù qual ne' prim'anni
L'amor tuo mi farebbe. Or non aggiunse
Il ciel nullo conforto ai nostri affanni;
E teco la mortal vita saria
Simile a quella che nel cielo india.

Per le valli, ove suona
Del faticoso agricoltore il canto,
Ed io seggo e mi lagno
Del giovanile error che m'abbandona;
E per li poggi, ov'io rimembro e piagno
I perduti desiri, o la perduta
Speme de' giorni miei; di te pensando,
A palpitar mi sveglio. E potess'io,
Nel secol tetro e in questo aer nefando,
L'alta specie serbar; chè dell'imago,
Poi che del ver m'è tolto, assai m'appago.

Se dell'eterne idee
L'una sei tu, cui di sensibil forma
Sdegni l'eterno senno esser vestita,
E fra caduche spoglie
Provar gli affanni di funerea vita;
O s'altra terra ne' superni giri
Fra' mondi innumerabili t'accoglie,
E più vaga del Sol prossima stella
T'irraggia, e più benigno etere spiri;
Di qua dove son gli anni infausti e brevi,
Questo d'ignoto amante inno ricevi.

XIX.

AL CONTE CARLO PEPOLI.

43

Questo affannoso e travagliato sonno
Che noi vita nomiam, come sopporti,
Pèpoli mio? di che speranze il core
Vai sostentando? in che pensieri, in quanto
O gioconde o moleste opre dispensi
L'ozio che ti lasciàr gli avi remoti,
Grave retaggio e faticoso? È tutta,
In ogni umano stato, ozio la vita,
Se quell'oprar, quel procurar che a degno
Obbietto non intende, o che all'intento
Giunger mai non potria, ben si conviene
Ozioso nomar. La schiera industre
Cui franger glebe o curar piante e greggi
Vede l'alba tranquilla e vede il vespro,
Se oziosa dirai, da che sua vita
È per campar la vita, e per sè sola
La vita all'uom non ha pregio nessuno,
Dritto e vero dirai. Le notti e i giorni
Tragge in ozio il nocchiero; ozio il perenne
Sudar nello officine, ozio le vegghie
Son de' guerrieri e il perigliar nell'armi;
E il mercatante avaro in ozio vive:
Chè non a sè, non ad altrui, la bella
Felicità, cui solo agogna e cerca
La natura mortai, veruno acquista
Per cura o per sudor, vegghia o periglio.
Pur all'aspro desire onde i mortali
Già sempre infin dal dì che il mondo nacque
D'esser beati sospiraro indarno,
Di medicina in loco apparecchiate
Nella vita infelice avea natura
Necessità diverse, a cui non senza
Opra e pensier si provvedesse, e pieno,
Poi che lieto non può, corresse il giorno
All'umana famiglia; onde agitato
E confuso il desio, men loco avesse
Al travagliarne il cor. Così de' bruti
La progenie infinita, a cui pur solo,
Nè men vano che a noi, vive nel petto
Desio d'esser beati; a quello intenta
Che a lor vita è mestier, di noi men tristo
Condur si scopre e men gravoso il tempo,
Nè la lentezza accagionar dell'ore.
Ma noi, che il viver nostro all'altrui mano
Provveder commettiamo, una più grave
Necessità, cui provveder non puote
Altri che noi, già senza tedio e pena
Non adempiam: necessitate, io dico,

Di consumar la vita: improba, invitta
Necessità, cui non tesoro accolto,
Non di greggi dovizia, o pingui campi,
Non aula puote e non purpureo manto
Sottrar l'umana prole. Or s'altri, a sdegno
I vòti anni prendendo, e la superna
Luce odiando, l'omicida mano,
I tardi fati a prevenir condotto,
In se stesso non torce; al duro morso
Della brama insanabile che invano
Felicità richiede, esso da tutti
Lati cercando, mille inefficaci
Medicine procaccia, onde quell'una
Cui natura apprestò, mal si compensa.

Lui delle vesti e delle chiome il culto
E degli atti e dei passi, e i vani studi
Di cocchi e di cavalli, e le frequenti
Sale, e le piazze romorose, e gli orti,
Lui giochi e cene e invidiate danze
Tengon la notte e il giorno; a lui dal labbro
Mai non si parte il riso; ahi, ma nel petto,
Nell'imo petto, grave, salda, immota
Come colonna adamantina, siede
Noia immortale, incontro a cui non puote
Vigor di giovanezza, e non la crolla
Dolce parola di rosato labbro,
E non lo sguardo tenero, tremante,
Di due nere pupille, il caro sguardo,
La più degna del ciel cosa mortale.

Altri, quasi a fuggir vólto la trista
Umana sorte, in cangiar terre e climi
L'età spendendo, e mari e poggi errando,
Tutto l'orbe trascorre, ogni confine
Degli spazi che all'uom negl'infiniti
Campi del tutto la natura aperse,
Peregrinando aggiunge. Ahi ahi, s'asside
Su l'alte prue la negra cura, e sotto
Ogni clima, ogni ciel, si chiama indarno
Felicità, vive tristezza e regna.

Havvi chi le crudeli opre di marte
Si elegge a passar l'ore, e nel fraterno
Sangue la man tinge per ozio; ed havvi
Chi d'altrui danni si conforta, e pensa
Con far misero altrui far sè men tristo,
Sì che nocendo usar procaccia il tempo.

E chi virtute o sapienza ed arti
Perseguitando; e chi la propria gente
Conculcando e l'estrane, o di remoti
Lidi turbando la quiete antica
Col mercatar, con l'armi, e con le frodi,
La destinata sua vita consuma.

Te più mite desio, cura più dolce
Legge nel fior di gioventù, nel bello
April degli anni, altrui giocondo e primo
Dono del ciel, ma grave, amaro, infesto
A chi patria non ha. Te punge e move
Studio de' carmi e di ritrar parlando
Il bel che raro e scarso e fuggitivo
Appar nel mondo, e quel che, più benigna
Di natura e del ciel, fecondamente
A noi la vaga fantasia produce,
E il nostro proprio error. Ben mille volte
Fortunato colui che la caduca
Virtù del caro immaginar non perde
Per volger d'anni; a cui serbare eterna
La gioventù del cor diedero i fati;
Che nella ferma e nella stanca etade,
Così come solea nell'età verde,
In suo chiuso pensier natura abbella,
Morte, deserto avviva. A te conceda
Tanta ventura il ciel; ti faccia un tempo
La favilla che il petto oggi ti scalda,
Di poesia canuto amante. Io tutti
Della prima stagione i dolci inganni
Mancar già sento, e dileguar dagli occhi
Le dilettose immagini, che tanto
Amai, che sempre infino all'ora estrema
Mi fieno, a ricordar, bramate e piante.
Or quando al tutto irrigidito e freddo
Questo petto sarà, nè degli aprichi
Campi il sereno e solitario riso,
Nè degli augelli mattutini il canto
Di primavera, nè per colli e piagge
Sotto limpido ciel tacita luna
Commoverammi il cor; quando mi fia
Ogni beltate o di natura o d'arte,
Fatta inanime e muta; ogni alto senso,
Ogni tenero affetto, ignoto e strano;
Del mio solo conforto allor mendico,
Altri studi men dolci, in ch'io riponga
L'ingrato avanzo della ferrea vita.
Eleggerò. L'acerbo vero, i ciechi

46

Destini investigar delle mortali
E dell'eterne cose; a che prodotta,
A che d'affanni e di miserie carca
L'umana stirpe; a quale ultimo intento
Lei spinga il fato e la natura; a cui
Tanto nostro dolor diletti o giovi:
Con quali ordini e leggi a che si volva
Questo arcano universo; il qual di lode
Colmano i saggi, io d'ammirar son pago.

In questo specolar gli ozi traendo
Verrò: che conosciuto, ancor che tristo,
Ha suoi diletti il vero. E se del vero
Ragionando talor, fieno alle genti
O mal grati i miei detti o non intesi,
Non mi dorrò, che già del tutto il vago
Desio di gloria antico in me fia spento:
Vana Diva non pur, ma di fortuna
E del fato e d'amor, Diva più cieca.

XX.

IL RISORGIMENTO.

Credei ch'al tutto fossero
In me, sul fior degli anni.
Mancati i dolci affanni
Della mia prima età:
I dolci affanni, i teneri
Moti del cor profondo,
Qualunque cosa al mondo
Grato il sentir ci fa.

Quanto querele e lacrime
Sparsi nel novo stato,
Quando al mio cor gelato
Prima il dolor mancò!
Mancàr gli usati palpiti,
L'amor mi venne meno,
E irrigidito il sono
Di sospirar cessò!

Piansi spogliata, esanime

47

Fatta per me la vita;
La terra inaridita.
Chiusa in eterno gel;
Deserto il dì; la tacita
Notte più sola e bruna;
Spenta per me la luna,
Spente le stelle in ciel.

Pur di quel pianto origine
Era l'antico affetto:
Nell'intimo del petto
Ancor viveva il cor.
Chiedea l'usate immagini
La stanca fantasia;
E la tristezza mia
Era dolore ancor.

Fra poco in me quell'ultimo
Dolore anco fu spento,
E di più far lamento
Valor non mi restò.
Giacqui: insensato, attonito,
Non dimandai conforto:
Quasi perduto e morto,
Il cor s'abbandonò.

Qual fui! quanto dissimile
Da quel che tanto ardore,
Che sì beato errore
Nutrii nell'alma un dì!
La rondinella vigile,
Alle finestre intorno
Cantando al novo giorno,
Il cor non mi ferì:

Non all'autunno pallido
In solitaria villa.
La vespertina squilla.
Il fuggitivo Sol.

Invan brillare il vespero
Vidi per muto calle,
Invan sonò la valle
Del flebile usignol.

E voi, pupille tenere,
Sguardi furtivi, erranti,
Voi de' gentili amanti

Primo, immortalo amor,
Ed alla mano offertami
Candida ignuda mano,
Foste voi pure invano
Al duro mio sopor.

D'ogni dolcezza vedovo,
Tristo; ma non turbato,
Ma placido il mio stato,
Il volto era seren.
Desiderato il termine
Avrei del viver mio;
Ma spento era il desio
Nello spossato sen.

Qual dell'età decrepita
L'avanzo ignudo e vile,
Io conducea l'aprile
Degli anni miei così:
Così quegl'ineffabili
Giorni, o mio cor, traevi.
Che sì fugaci e brevi
Il cielo a noi sortì.

Chi dalla grave, immemore
Quiete or mi ridesta!
Che virtù nova è questa,
Questa che sento in me!
Moti soavi, immagini,
Palpiti, error beato,
Per sempre a voi negato
Questo mio cor non è?

Siete pur voi quell'unica
Luce de' giorni miei?
Gli affetti ch'io perdei
Nella novella età?
Se al ciel, s'ai verdi margini,
Ovunque il guardo mira,
Tutto un dolor mi spira,
Tutto un piacer mi dà.

Meco ritorna a vivere
La piaggia, il bosco, il monte;
Parla al mio core il fonte,
Meco favella il mar.
Chi mi ridona il piangere
Dopo cotanto obblio?

E come al guardo mio
Cangiato il mondo appar?

Forse la speme, o povero
Mio cor, ti volse un riso?
Ahi della speme il viso
Io non vedrò mai più.
Proprii mi diede i palpiti
Natura, e i dolci inganni.
Sopirò in me gli affanni
L'ingenita virtù;

Non l'annullàr: non vinsela
il fato e la sventura;
Non con la vista impura
L'infausta verità.
Dalle mie vaghe immagini
So ben ch'ella discorda:
So che natura è sorda,
Che miserar non sa.

Che non del ben sollecita
Fu, ma dell'esser solo:
Purché ci serbi al duolo,
Or d'altro a lei non cal.
So che pietà fra gli uomini
Il misero non trova;
Che lui, fuggendo, a prova
Schernisce ogni mortai.

Che ignora il tristo secolo
Gl'ingegni e le virtudi;
Che manca ai degni studi
L'ignuda gloria ancor.
E voi, pupille tremule,
Voi, raggio sovrumano,
So che splendete invano,
Che in voi non brilla amor.

Nessuno ignoto ed intimo
Affetto in voi non brilla:
Non chiude una favilla
Quel bianco petto in sè.
Anzi d'altrui le tenere
Cure suol porre in gioco;
E d'un celeste foco
Disprezzo è la mercè.

Pur sento in me rivivere
Gl'inganni aperti e noti;
E de' suoi proprii moti
Si maraviglia il sen.
Da te, mio cor, quest'ultimo
Spirto, e l'ardor natio,
Ogni conforto mio
Solo da te mi vien.

Mancano, il sento, all'anima
Alta, gentile e pura,
La sorte, la natura,
Il mondo e la beltà.
Ma se tu vivi, o misero,
Se non concedi al fato,
Non chiamerò spietato
Chi lo spirar mi dà.

XXI.

A SILVIA.

Silvia, rimembri ancora
Quel tempo della tua vita mortale,
Quando beltà splendea
Negli occhi tuoi ridenti e fuggitivi,
E tu, lieta e pensosa, il limitare
Di gioventù salivi?

Sonavan le quiete
Stanze, e le vie dintorno,
Al tuo perpetuo canto.
Allor che all'opre femminili intenta
Sedevi, assai contenta
Di quel vago avvenir che in mente avevi.
Era il maggio odoroso: e tu solevi
Così menare il giorno.

Io gli studi leggiadri
Talor lasciando e le sudate carte,
Ove il tempo mio primo
E di me si spendea la miglior parte,
D'in su i veroni del paterno ostello

Porgea gli orecchi al suon della tua voce,
Ed alla man veloce
Che percorrea la faticosa tela.
Mirava il ciel sereno,
Le vie dorate e gli orti,
E quinci il mar da lungi, e quindi il monte.
Lingua mortai non dice
Quel ch'io sentiva in seno.

Che pensieri soavi,
Che speranze, che cori, o Silvia mia!
Quale allor ci apparia
La vita umana e il fato!
Quando sovviemmi di cotanta speme,
Un affetto mi preme
Acerbo e sconsolato,
E tornami a doler di mia sventura.
O natura, o natura,
Perché non rendi poi
Quel che prometti allor? perchè di tanto
Inganni i figli tuoi?

Tu pria che l'erbe inaridisse il verno,
Da chiuso morbo combattuta e vinta,
Perivi, o tenerella. E non vedevi
Il fior degli anni tuoi;
Non ti molceva il core
La dolce lode or delle negre chiome,
Or degli sguardi innamorati e schivi;
Nè teco lo compagne ai dì festivi
Ragionavan d'amore.

Anche peria fra poco
La speranza mia dolce: agli anni miei
Anche negaro i fati
La giovanezza. Ahi come,
Come passata sei,
Cara compagna dell'età mia nova,
Mia lacrimata speme!
Questo è quel mondo? questi
I diletti, l'amor, l'opre, gli eventi
Onde cotanto ragionammo insieme?
Questa la sorte dello umane genti?
All'apparir del vero
Tu, misera, cadesti: e con la mano
La fredda morte ed una tomba ignuda
Mostravi di lontano.

XXII.

LE RICORDANZE.

Vaglie stelle dell'Orsa, io non credea
Tornare ancor per uso a contemplarvi
Sul paterno giardino scintillanti,
E ragionar con voi dalle finestre
Di questo albergo ove abitai fanciullo,
E delle gioie mie vidi la fine.
Quante immagini un tempo, e quante fole
Creommi nel pensier l'aspetto vostro
E delle luci a voi compagne! allora
Che, tacito, seduto in verde zolla,
Delle sere io solea passar gran parte
Mirando il cielo, ed ascoltando il canto
Della rana rimota alla campagna!
E la lucciola errava appo le siepi
E in su l'aiuole, susurrando al vento
I viali odorati, ed i cipressi
Là nella selva; e sotto al patrio tetto
Sonavan voci alterne, e le tranquille
Opre de' servi. E che pensieri immensi,
Che dolci sogni mi spirò la vista
Di quel lontano mar, quei monti azzurri,
Che di qua scopro, e che varcare un giorno
Io mi pensava, arcani mondi, arcana
Felicità fingendo al viver mio!
Ignaro del mio fato, e quante volte
Questa mia vita dolorosa e nuda
Volentier con la morte avrei cangiato.

Nè mi diceva il cor che l'età verde
Sarei dannato a consumare in questo
Natio borgo selvaggio, intra una gente
Zotica, vil; cui nomi strani, e spesso
Argomento di riso e di trastullo,
Son dottrina e saper; che m'odia e fugge,
Per invidia non già, chè non mi tiene
Maggior di sè, ma perchè tale estima
Ch'io mi tenga in cor mio, sebben di fuori
A persona giammai non ne fo segno.
Qui passo gli anni, abbandonato, occulto,

Senz'amor, senza vita; ed aspro a forza
Tra lo stuol de' malevoli divengo:
Qui di pietà mi spoglio e di virtudi,
E sprezzator degli uomini mi rendo,
Per la greggia ch'ho appresso: o intanto vola
Il caro tempo giovami; più caro
Che la fama o l'allòr, più che la pura
Luce del giorno, e lo spirar: ti perdo
Senza un diletto, inutilmente, in questo
Soggiorno disumano, intra gli affanni,
O dell'arida vita unico fiore.

Viene il vento recando il suon dell'ora
Dalla torre del borgo. Era conforto
Questo suon, mi rimembra, allo mie notti.
Quando fanciullo, nella buia stanza,
Per assidui terrori io vigilava,
Sospirando il mattin. Qui non è cosa
Ch'io vegga o senta, onde un'immagin dentro
Non torni, e un dolce rimembrar non sorga.
Dolce per sè; ma con dolor sottentra
Il pensier del presente, un van desio
Del passato, ancor tristo, e il dire: io fui.
Quella loggia colà, vòlta agli estremi
Raggi del dì; queste dipinte mura,
Quei figurati armenti, e il Sol che nasce
Su romita campagna, agli ozi miei
Porser mille diletti allor che al fianco
M'era, parlando, il mio possente errore
Sempre, ov'io fossi. In queste sale antiche,
Al chiaror delle nevi, intorno a queste
Ampie finestre sibilando il vento,
Rimbombaro i sollazzi e le festoso
Mie voci al tempo che l'acerbo, indegno
Mistero delle cose a noi si mostra
Pien di dolcezza; indelibata, intera
Il garzoncel, come inesperto amante,
La sua vita ingannevole vagheggia,
E celeste beltà fingendo ammira.

O speranze, speranze; ameni inganni
Della mia prima età! sempre, parlando,
Ritorno a voi; che por andar di tempo,
Per variar d'affetti o di pensieri,
Obbliarvi non so. Fantasmi, intendo,
Son la gloria e l'onor; diletti e beni
Mero desio; non ha la vita un frutto,
Inutile miseria. E sebben vóti

Son gli anni miei, sebben deserto, oscuro
Il mio stato mortal, poco mi toglie
La fortuna, ben veggo. Ahi, ma qualvolta
A voi ripenso, o mie speranze antiche,
Ed a quel caro immaginar mio primo;
Indi riguardo il viver mio sì vile
E sì dolente, e che la morte è quello
Che di cotanta speme oggi m'avanza;
Sento serrarmi il cor, sento ch'al tutto
Consolarmi non so del mio destino.
E quando pur questa invocata morte
Sarammi allato, e sarà giunto il fine
Della sventura mia; quando la terra
Mi fia straniera valle, e dal mio sguardo
Fuggirà l'avvenir; di voi per certo
Risovverrammi; e quell'imago ancora
Sospirar mi farà, farammi acerbo
L'esser vissuto indarno, e la dolcezza
Del dì fatal tempererà d'affanno.

E già nel primo giovanil tumulto
Di contenti, d'angosce e di desio,
Morte chiamai più volte, e lungamente
Mi sedetti colà su la fontana
Pensoso di cessar dentro quell'acque
La speme e il dolor mio. Poscia, per cieco
Malor, condotto della vita in forse,
Piansi la bella giovanezza, e il fiore
De' miei poveri dì, che sì per tempo
Cadeva: e spesso all'ore tarde, assiso
Sul conscio letto, dolorosamente
Alla fioca lucerna poetando,
Lamentai co' silenzi e con la notte
Il fuggitivo spirto, ed a me stesso
In sul languir cantai funereo canto.

Chi rimembrar vi può senza sospiri.
O primo entrar di giovinezza, o giorni
Vezzosi, inenarrabili, allor quando
Al rapito mortal primieramente
Sorridon le donzelle; a gara intorno
Ogni cosa sorride; invidia tace,
Non desta ancora ovver benigna; e quasi
(Inusitata maraviglia!) il mondo
La destra soccorrevole gli porge,
Scusa gli errori suoi, festeggia il novo
Suo venir nella vita, ed inchinando
Mostra che per signor l'accolga e chiami?

Fugaci giorni! a somigliar d'un lampo
Son dileguati. E qual mortale ignaro
Di sventura esser può, se a lui già scorsa
Quella vaga stagion, se il suo buon tempo,
Se giovanezza, ahi giovanezza, è spenta?

O Nerina! e di te forse non odo
Questi luoghi parlar? caduta forse
Dal mio pensier sei tu? Dove sei gita,
Che qui sola di te la ricordanza
Trovo, dolcezza mia? Più non ti vede
Questa Terra natal: quella finestra,
Ond'eri usata favellarmi, ed onde
Mesto riluce delle stelle il raggio,
È deserta. Ove sei, che più non odo
La tua voce sonar, siccome un giorno,
Quando soleva ogni lontano accento
Del labbro tuo, ch'a me giungesse, il volto
Scolorarmi? Altro tempo. I giorni tuoi
Furo, mio dolce amor. Passasti. Ad altri
il passar per la terra oggi è sortito,
E l'abitar questi odorati colli.
Ma rapida passasti; e come un sogno
Fu la tua vita. Ivi danzando; in fronte
La gioia ti splendea, splendea negli occhi
Quel confidente immaginar, quel lume
Di gioventù, quando spegneali il fato,
E giacevi. Ahi Nerina! In cor mi regna
L'antico amor. Se a feste anco talvolta,
Se a radunanze io movo, infra me stesso
Dico: o Nerina, a radunanze, a feste
Tu non ti acconci più, tu più non movi.
Se torna maggio, e ramoscelli e suoni
Van gli amanti recando alle fanciulle,
Dico: Nerina mia, per te non torna
Primavera giammai, non torna amore.
Ogni giorno sereno, ogni fiorita
Piaggia ch'io miro, ogni goder ch'io sento,
Dico: Nerina or più non gode; i campi,
L'aria non mira. Ahi tu passasti, eterno
Sospiro mio: passasti: e fia compagna
D'ogni mio vago immaginar, di tutti
I miei teneri sensi, i tristi e cari
Moti del cor, la rimembranza acerba.

XXIII.

CANTO NOTTURNO
DI UN PASTORE ERRANTE DELL'ASIA.[9]

Che fai tu, luna, in ciel? dimmi, che fai.
Silenziosa luna?
Sorgi la sera, e vai,
Contemplando i deserti; indi ti posi.
Ancor non sei tu paga
Di riandare i sempiterni calli?
Ancor non prendi a schivo, ancor sei vaga
Di mirar queste valli?
Somiglia alla tua vita
La vita del pastore.
Sorge in sul primo albore,
Move la greggia oltre pel campo, e vede
Greggi, fontane ed erbe;
Poi stanco si riposa in su la sera:
Altro mai non ispera.
Dimmi, o luna: a che vale
Al pastor la sua vita,
La vostra vita a voi? dimmi: ove tende
Questo vagar mio breve,
Il tuo corso immortale?

Vecchierel bianco, infermo,
Mezzo vestito e scalzo,
Con gravissimo fascio in su le spalle,
Per montagna e per valle,
Per sassi acuti, ed alta rena, e fratte,
Al vento, alla tempesta, e quando avvampa
L'ora, e quando poi gela,
Corre via, corre, anela,
Varca torrenti e stagni,
Cade, risorge, e più e più s'affretta.
Senza posa o ristoro,
Lacero, sanguinoso; infin ch'arriva
Colà dove la via
E dove il tanto affaticar fu volto:
Abisso orrido, immenso,
Ov'ei precipitando, il tutto obblia.
Vergine luna, tale
È la vita mortale.

Nasce l'uomo a fatica,

Ed è rischio di morte il nascimento.
Prova pena e tormento
Per prima cosa; e in sul principio stesso
La madre o il genitore
Il prende a consolar dell'esser nato.
Poi che crescendo viene,
L'uno e l'altro il sostiene, e via pur sempre
Con atti e con parole
Studiasi fargli core,
E consolarlo dell'umano stato:
Altro ufficio più grato
Non si fa da parenti alla lor prole.
Ma perchè dare al sole,
Perchè reggere in vita
Chi poi di quella consolar convenga?
Se la vita è sventura,
Perchè da noi si dura?
Intatta luna, tale
È lo stato mortale.
Ma tu mortai non sei,
E forse del mio dir poco ti cale.

Pur tu, solinga, eterna peregrina,
Che sì pensosa sei, tu forse intendi,
Questo viver terreno,
Il patir nostro, il sospirar, che sia;
Che sia questo morir, questo supremo
Scolorar del sembiante,
E perir dalla terra, e venir meno
Ad ogni usata, amante compagnia.
E tu certo comprendi
Il perchè delle cose, o vedi il frutto
Del mattin, della sera,
Del tacito, infinito andar del tempo.
Tu sai, tu certo, a qual suo dolce amore
Rida la primavera,
A chi giovi l'ardore, e che procacci
Il verno co' suoi ghiacci.
Mille cose sai tu, mille discopri,
Che son celate al semplice pastore.
Spesso quand'io ti miro
Star così muta in sul deserto piano,
Che, in suo giro lontano, al ciel confina;
Ovver con la mia greggia
Seguirmi viaggiando a mano a mano;
E quando miro in cielo arder le stelle;
Dico fra me pensando:
A che tante facelle?

Che fa l'aria infinita, e quel profondo
Infinito seren? che vuol dir questa
Solitudine immensa? od io che sono?
Così meco ragiono: e della stanza
Smisurata e superba,
E dell'innumerabile famiglia;
Poi di tanto adoprar, di tanti moti
D'ogni celeste, ogni terrena cosa,
Girando senza posa,
Per tornar sempre là donde son mosse;
Uso alcuno, alcun frutto
Indovinar non so. Ma tu per certo,
Giovinetta immortal, conosci il tutto.
Questo io conosco e sento.
Che degli eterni giri,
Che dell'esser mio frale,
Qualche bene o contento
Avrà fors'altri; a me la vita è male.

O greggia mia che posi, oh te beata,
Che la miseria tua, credo, non sai!
Quanta invidia ti porto!
Non sol perchè d'affanno
Quasi libera vai;
Ch'ogni stento, ogni danno,
Ogni estremo timor subito scordi;
Ma più perchè giammai tedio non provi.
Quando tu siedi all'ombra, sovra l'erbe,
Tu se' queta e contenta;
E gran parte dell'anno
Senza noia consumi in quello stato.
Ed io pur seggo sovra l'erbe, all'ombra,
E un fastidio m'ingombra
La mente, ed uno spron quasi mi punge
Sì che, sedendo, più che mai son lunge
Da trovar pace o loco.
E pur nulla non bramo,
E non ho fino a qui cagion di pianto.
Quel che tu goda o quanto.
Non so già dir; ma fortunata sei.
Ed io godo ancor poco,
O greggia mia, nè di ciò sol mi lagno.
So tu parlar sapessi, io chiederei:
Dimmi: perchè giacendo
A bell'agio, ozioso.
S'appaga ogni animale;
Me, s'io giaccio in riposo, il tedio assale?[10]

Forse s'avess'io l'ale
Da volar su le nubi,
E noverar le stelle ad una ad una,
O come il tuono errar di giogo in giogo,
Più felice sarei, dolce mia greggia,
Più felice sarei, candida luna.
O forse erra dal vero,
Mirando all'altrui sorte, il mio pensiero:
Forse in qual forma, in quale
Stato che sia, dentro covile o cuna,
È funesto a chi nasce il dì natale.

XXIV.

LA QUIETE DOPO LA TEMPESTA.

Passata è la tempesta:
Odo augelli far festa, e la gallina,
Tornata in su la via,
Che ripete il suo verso. Ecco il sereno
Rompe là da ponente, alla montagna;
Sgombrasi la campagna,
E chiaro nella valle il fiume appare.
Ogni cor si rallegra, in ogni lato
Risorge il romorio,
Torna il lavoro usato.
L'artigiano a mirar l'umido cielo,
Con l'opra in man, cantando,
Passi in su l'uscio; a prova
Vien fuor la femminetta a còr dell'acqua
Della novella piova;
E l'erbaiuol rinnova
Di sentiero in sentiero
Il grido giornaliero.
Ecco il Sol che ritorna, ecco sorride
Per li poggi e le ville. Apre i balconi,
Apre terrazze e logge la famiglia:
E dalla via corrente, odi lontano
Tintinnìo di sonagli; il carro stride
Del passegger che il suo cammin ripiglia.

Si rallegra ogni core.
Sì dolce, sì gradita

60

Quand'è, com'or, la vita?
Quando con tanto amore
L'uomo a' suoi studi intende?
O torna all'opre? o cosa nova imprende?
Quando de' mali suoi men si ricorda?
Piacer figlio d'affanno;
Gioia vana, ch'è frutto
Del passato timore, onde si scosse
E paventò la morte
Chi la vita abborria;
Onde in lungo tormento,
Fredde, tacite, smorte,
Sudar le genti e palpitar, vedendo
Mossi alle nostre offese
Folgori, nembi e vento.

O natura cortese,
Son questi i doni tuoi,
Questi i diletti sono
Che tu porgi ai mortali. Uscir di pena
È diletto fra noi.
Pene tu spargi a larga mano; il duolo
Spontaneo sorge: e di piacer, quel tanto
Che per mostro e miracolo talvolta
Nasce d'affanno, è gran guadagno. Umana
Prole cara agli eterni! assai felice
Se respirar ti lice
D'alcun dolor; beata
Se te d'ogni dolor morte risana.

XXV.

IL SABATO DEL VILLAGGIO.

La donzelletta vien dalla campagna,
In sul calar del sole,
Col suo fascio dell'erba; e reca in mano
Un mazzolin di rose e di viole,
Onde, siccome suole,
Ornare ella si appresta
Dimani, al dì di festa, il petto e il crine.
Siede con le vicine
Su la scala a filar la vecchierella,

61

Incontro là dove si perde il giorno;
E novellando vien del suo buon tempo,
Quando ai dì della festa ella si ornava,
Ed ancor sana e snella
Solea danzar la sera intra di quei
Ch'ebbe compagni dell'età più bella.
Già tutta l'aria imbruna,
Torna azzurro il sereno, e tornan l'ombre
Giù da' colli e da' tetti,
Al biancheggiar della recente luna.
Or la squilla dà segno
Della festa che viene;
Ed a quel suon diresti
Che il cor si riconforta.
I fanciulli gridando
Su la piazzuola in frotta,
E qua e là saltando,
Fanno un lieto romore:
E intanto riede alla sua parca mensa,
Fischiando, il zappatore,
E seco pensa al dì del suo riposo.

Poi quando intorno è spenta ogni altra face,
E tutto l'altro tace,
Odi il martel picchiare, odi la sega
Del legnaiuol, che veglia
Nella chiusa bottega alla lucerna,
E s'affretta, e s'adopra
Di fornir l'opra anzi il chiarir dell'alba.

Questo di sette è il più gradito giorno,
Pien di speme e di gioia;
Diman tristezza e noia
Recheran l'ore, ed al travaglio usato
Ciascuno in suo pensier farà ritorno.

Garzoncello scherzoso,
Cotesta età fiorita
È come un giorno d'allegrezza pieno,
Giorno chiaro, sereno,
Che precorre alla festa di tua vita.
Godi, fanciullo mio; stato soave,
Stagion lieta è cotesta.
Altro dirti non vo'; ma la tua festa
Ch'anco tardi a venir non ti sia grave.

XXVI.

IL PENSIERO DOMINANTE.

Dolcissimo, possente
Dominator di mia profonda mente;
Terribile, ma caro
Dono del ciel; consorte
Ai lùgubri miei giorni,
Pensier che innanzi a me sì spesso torni.

Di tua natura arcana
Chi non favella? il suo poter fra noi
Chi non sentì? Pur sempre
Che in dir gli effetti suoi
Le umane lingue il sentir proprio sprona,
Par novo ad ascoltar ciò ch'ei ragiona.

Come solinga è fatta
La mente mia d'allora
Che tu quivi prendesti a far dimora! v. 15-52
Ratto d'intorno intorno al par del lampo
Gli altri pensieri miei
Tutti si dileguàr. Siccome torre
In solitario campo,
Tu stai solo, gigante, in mezzo a lei.

Che divenute son, fuor di te solo,
Tutte l'opre terrene,
Tutta intera la vita al guardo mio!
Che intollerabil noia
Gli ozi, i commerci usati,
E di vano piacer la vana spene,
Allato a quella gioia,
Gioia celeste che da te mi viene!

Come da' nudi sassi
Dello scabro Apennino
A un campo verde che lontan sorrida
Volge gli occhi bramoso il pellegrino;
Tal io dal secco ed aspro
Mondano conversar vogliosamente.
Quasi in lieto giardino, a te ritorno,
E ristora i miei sensi il tuo soggiorno.

Quasi incredibil parmi
Che la vita infelice e il mondo sciocco
Già per gran tempo assai
Senza te sopportai;
Quasi intender non posso
Come d'altri desiri,
Fuor ch'a te somiglianti, altri sospiri.

Giammai d'allor che in pria
Questa vita che sia per prova intesi,
Timor di morte non mi strinse il petto.
Oggi mi pare un gioco
Quella che il mondo inetto,
Talor lodando, ognora abborre e trema,
Necessitade estrema;
E se periglio appar, con un sorriso
Le sue minacce a contemplar m'affiso.

Sempre i codardi, e l'alme
Ingenerose, abbiette
Ebbi in dispregio. Or punge ogni atto indegno
Subito i sensi miei;
Move l'alma ogni esempio
Dell'umana viltà subito a sdegno.
Di questa età superba,
Che di vote speranze si nutrica,
Vaga di ciance, e di virtù nemica;
Stolta, che l'util chiede,
E inutile la vita
Quindi più sempre divenir non vede;
Maggior mi sento. A scherno
Ho gli umani giudizi; e il vario volgo
A' bei pensieri infesto,
E degno tuo disprezzator, calpesto.

A quello onde tu movi,
Quale affetto non cede?
Anzi qual altro affetto
Se non quell'uno intra i mortali ha sede?
Avarizia, superbia, odio, disdegno,
Studio d'onor, di regno,
Che sono altro che voglie
Al paragon di lui? Solo un affetto
Vive tra noi: quest'uno,
Prepotente signore,
Dieder l'eterne leggi all'uman core.

Pregio non ha, non ha ragion la vita

Se non per lui, per lui ch' all'uomo è tutto;
Sola discolpa al fato,
Che noi mortali in terra
Pose a tanto patir senz'altro frutto;
Solo per cui talvolta,
Non alla gente stolta, al cor non vile
La vita della morto è più gentile.

Per còr le gioie tue, dolce pensiero,
Provar gli umani affanni,
E sostener molt'anni
Questa vita mortal, fu non indegno;
Ed ancor tornerei,
Così qual son de' nostri mali esperto,
Verso un tal segno a incominciare il corso:
Chè tra lo sabbie e tra il vipereo morso,
Giammai finor sì stanco
Per lo mortai deserto
Non venni a te, elio queste nostre pene
Vincer non mi paresse un tanto bene.

Che mondo mai, che nova
Immensità, che paradiso è quello
Là dove spesso il tuo stupendo incanto
Parmi innalzar! dov'io,
Sott'altra luce che l'usata errando,
Il mio terreno stato
E tutto quanto il ver pongo in obblio!
Tali son, credo, i sogni
Degl'immortali. Ahi finalmente un sogno
In molta parte onde s'abbolla il vero
Sei tu, dolce pensiero;
Sogno e palese error. Ma di natura,
Infra i leggiadri errori,
Divina sei; perchè sì viva e forte,
Che incontro al ver tenacemente dura,
E spesso al ver s'adegua,
Nè si dilegua pria, che in grembo a morte.

E tu per certo, o mio pensier, tu solo
Vitale ai giorni miei,
Cagion diletta d'infiniti affanni,
Meco sarai per morte a un tempo spento:
Ch' a vivi segni dentro l'alma io sento
Che in perpetuo signor dato mi sei.
Altri gentili inganni
Soleami il vero aspetto
Più sempre infievolir. Quanto più torno

A riveder colei
Della qual teco ragionando io vivo,
Cresco quel gran diletto,
Cresce quel gran delirio, ond'io respiro.
Angelica beltade!
Parmi ogni più bel volto, ovunque io miro,
Quasi una finta imago
Il tuo volto imitar. Tu sola fonte
D'ogni altra leggiadria,
Sola vera beltà parmi che sia.

Da che ti vidi pria,
Di qual mia seria cura ultimo obbietto
Non fosti tu? quanto del giorno è scorso,
Ch'io di te non pensassi? ai sogni miei
La tua sovrana imago
Quante volte mancò? Bella qual sogno,
Angelica sembianza,
Nella terrena stanza,
Nell'alte vie dell'universo intero,
Che chiedo io mai, che spero
Altro che gli occhi tuoi veder più vago?
Altro più dolce aver che il tuo pensiero?

XXVII.

AMORE E MORTE.

Ὃν οἱ θεοὶ φιλοῦσιν, ἀποθνήσκει νέος.
Muor giovane colui ch'al ciel è caro.
Menandro.

Fratelli, a un tempo stesso, Amore o Morte
Ingenerò la sorte.
Cose quaggiù sì belle
Altre il mondo non ha, non han le stelle.
Nasce dall'uno il bene,
Nasce il piacer maggiore
Che per lo mar dell'essere si trova;
L'altra ogni gran dolore,
Ogni gran male annulla.
Bellissima fanciulla,
Dolce a veder, non quale

66

La si dipinge la codarda gente,
Gode il fanciullo Amore
Accompagnar sovente;
E sorvolano insiem la via mortale,
Primi conforti d'ogni saggio core.
Nè cor fu mai più saggio
Che percosso d'amor, nè mai più forte
Sprezzò l'infausta vita,
Nè per altro signore
Come per questo a perigliar fu pronto:
Ch'ove tu porgi aita,
Amor, nasce il coraggio,
O si ridesta; e sapiente in opre,
Non in pensiero invan, siccome suole,
Divien l'umana prole.

Quando novellamente
Nasce nel cor profondo
Un amoroso affetto,
Languido e stanco insiem con esso in petto
Un desiderio di morir si sente:
Come, non so: ma tale
D'amor vero e possente è il primo effetto.
Forse gli occhi spaura
Allor questo deserto: a sè la terra
Forse il mortale inabitabil fatta
Vede omai senza quella
Nova, sola, infinita
Felicità che il suo pensier figura:
Ma per cagion di lei grave procella
Presentendo in suo cor, brama quiete.
Brama raccorsi in porto
Dinanzi al fier disio,
Che già, rugghiando, intorno intorno oscura.

Poi, quando tutto avvolge
La formidabil possa,
E fulmina nel cor l'invitta cura,
Quante volte implorata
Con desiderio intenso.
Morte, sei tu dall'affannoso amante!
Quante la sera, e quante
Abbandonando all'alba il corpo stanco,
Sè beato chiamò s'indi giammai
Non rilevasse il fianco.
Nè tornasse a veder l'amara luce!
E spesso al suon della funebre squilla,
Al canto che conduce

67

La gente morta al sempiterno obblio.
Con più sospiri ardenti
Dall'imo petto invidiò colui
Che tra gli spenti ad abitar sen giva.
Fin la negletta plebe,
L'uom della villa, ignaro
D'ogni virtù che da saper deriva,
Fin la donzella timidetta e schiva,
Che già di morte al nome
Sentì rizzar le chiome.
Osa alla tomba, alle funeree bende
Fermar lo sguardo di costanza pieno,
Osa ferro e veleno
Meditar lungamente,
E nell'indotta mente
La gentilezza del morir comprende.
Tanto alla morte inclina
D'amor la disciplina. Anco sovente,
A tal venuto il gran travaglio interno
Che sostener nol può forza mortale,
O cede il corpo frale
Ai terribili moti, e in questa forma
Pel fraterno poter Morte prevale;
O così sprona Amor là nel profondo,
Che da se stessi il villanello ignaro,
La tenera donzella
Con la man violenta
Pongon le membra giovanili in terra.
Ride ai lor casi il mondo,
A cui pace e vecchiezza il ciel consenta.

Ai fervidi, ai felici,
Agli animosi ingegni
L'uno o l'altro di voi conceda il fato,
Dolci signori, amici
All'umana famiglia,
Al cui poter nessun poter somiglia
Nell'immenso universo, e non l'avanza,
Se non quella del fato, altra possanza.
E tu, cui già dal cominciar degli anni
Sempre onorata invoco,
Bella Morte, pietosa
Tu sola al mondo dei terreni affanni,
Se celebrata mai
Fosti da me, s'al tuo divino stato
L'onte del volgo ingrato
Ricompensar tentai,
Non tardar più, t'inchina

A disusati preghi,
Chiudi alla luce omai
Questi occhi tristi, o dell'età reina.
Me certo troverai, qual si sia l'ora
Che tu le penne al mio pregar dispieghi,
Erta la fronte, armato,
E renitente al fato,
La man che flagellando si colora
Nel mio sangue innocente
Non ricolmar di lode,
Non benedir, com'usa
Per antica viltà l'umana gente;
Ogni vana speranza onde consola
Sè coi fanciulli il mondo,
Ogni conforto stolto
Gittar da me; null'altro in alcun tempo
Sperar, se non te sola;
Solo aspettar sereno
Quel dì ch'io pieghi addormentato il volto
Nel tuo virgineo seno.

XXVIII.

A SE STESSO.

Or poserai per sempre.
Stanco mio cor. Perì l'inganno estremo,
Ch' eterno io mi credei. Perì. Ben sento,
In noi di cari inganni,
Non che la speme, il desiderio è spento.
Posa per sempre. Assai
Palpitasti. Non val cosa nessuna
I moti tuoi, nè di sospiri è degna
La terra. Amaro e noia
La vita, altro mai nulla; e fango è il mondo.
T'acqueta omai. Dispera
L'ultima volta. Al gener nostro il fato
Non donò che il morire. Omai disprezza
Te, la natura, il brutto
Poter che, ascoso, a comun danno impera,
E l'infinita vanità del tutto.

XXIX.

ASPASIA.

Torna dinanzi al mio pensier talora
Il tuo sembiante, Aspasia. O fuggitivo
Per abitati lochi a me lampeggia
In altri volti; o per deserti campi,
Al dì sereno, alle tacenti stelle,
Da soave armonia quasi ridesta,
Nell'alma a sgomentarsi ancor vicina
Quella superba vision risorge.
Quanto adorata, o numi, e quale un giorno
Mia delizia od erinni! E mai non sento
Mover profumo di fiorita piaggia,
Nè di fiori olezzar vie cittadine,
Ch'io non ti vegga ancor qual eri il giorno
Che ne' vezzosi appartamenti accolta,
Tutti odorati de' novelli fiori
Di primavera, del color vestita
Della bruna viola, a me si offerse
L'angelica tua forma, inchino il fianco
Sovra nitide pelli, e circonfusa
D'arcana voluttà; quando tu, dotta
Allettatrice, fervidi, sonanti
Baci scoccavi nelle curve labbra
De' tuoi bambini, il niveo collo intanto
Porgendo, e lor di tue cagioni ignari
Con la man leggiadrissima stringevi
Al seno ascoso e desiato. Apparve
Novo ciel, nova terra, e quasi un raggio
Divino al pensier mio. Così nel fianco
Non punto inerme a viva forza impresse
Il tuo braccio lo stral, che poscia fitto
Ululando portai finch'a quel giorno
Si fu due volte ricondotto il sole.

Raggio divino al mio pensiero apparve,
Donna, la tua beltà. Simile effetto
Fan la bellezza e i musicali accordi.
Ch'alto mistero d'ignorati Elisi
Paion sovente rivelar. Vagheggia
Il piagato mortal quindi la figlia
Della sua mente, l'amorosa idea,

70

Che gran parte d'Olimpo in sè racchiude,
Tutta al volto, ai costumi, alla favella,
Pari alla donna che il rapito amante
Vagheggiare ed amar confuso estima.
Or questa egli non già, ma quella, ancora
Nei corporali amplessi, inchina ed ama.
Alfin l'errore e gli scambiati oggetti
Conoscendo, s'adira; e spesso incolpa
La donna a torto. A quella eccelsa imago
Sorge di rado il femminile ingegno;
E ciò che inspira ai generosi amanti
La sua stessa beltà, donna non pensa,
Nè comprender potria. Non cape in quelle
Anguste fronti ugual concetto. E male
Al vivo sfolgorar di quegli sguardi
Spera l'uomo ingannato, e mal richiede
Sensi profondi, sconosciuti, e molto
Più che virili, in chi dell'uomo al tutto
Da natura è minor. Che se più molli
E più tenui le membra, essa la mente
Men capace e men forte anco riceve.

Nè tu fin or giammai quel che tu stessa
Inspirasti alcun tempo al mio pensiero,
Potesti, Aspasia, immaginar. Non sai
Che smisurato amor, che affanni intensi,
Che indicibili moti e che deliri
Movesti in me; nè verrà tempo alcuno
Che tu l'intenda. In simil guisa ignora
Esecutor di musici concenti
Quel ch'ei con mano e con la voce adopra
In chi l'ascolta. Or quell'Aspasia è morta
Che tanto amai. Giace per sempre, oggetto
Della mia vita un dì: se non se quanto,
Pur come cara larva, ad ora ad ora
Tornar costuma e disparir. Tu vivi,
Bella non solo ancor, ma bella tanto,
Al parer mio, che tutte l'altre avanzi.
Pur quell'ardor che da te nacque è spento:
Perch'io te non amai, ma quella Diva
Che già vita, or sepolcro, ha nel mio core.
Quella adorai gran tempo; e sì mi piacque
Sua celeste beltà, ch'io, per insino
Già dal principio conoscente e chiaro
Dell'esser tuo, dell'arti e delle frodi,
Pur ne' tuoi contemplando i suoi begli occhi,
Cupido ti seguii finch'ella visse,
Ingannato non già, ma dal piacere

Di quella dolce somiglianza un lungo
Servaggio ed aspro a tollerar condotto.

Or ti vanta, che il puoi. Narra che sola
Sei del tuo sesso a cui piegar sostenni
L'altero capo, a cui spontaneo porsi
L'indomito mio cor. Narra che prima,
E spero ultima certo, il ciglio mio
Supplichevol vedesti, a te dinanzi
Me timido, tremante (ardo in ridirlo
Di sdegno e di rossor), me di me privo,
Ogni tua voglia, ogni parola, ogni atto
Spiar sommessamente, a' tuoi superbi
Fastidi impallidir, brillare in volto
Ad un segno cortese, ad ogni sguardo
Mutar forma e color. Cadde l'incanto,
E spezzato con esso, a terra sparso
Il giogo: onde m'allegro. E sebben pieni
Di tedio, alfin dopo il servire e dopo
Un lungo vaneggiar, contento abbraccio
Senno con libertà. Che se d'affetti
Orba la vita, e di gentili errori,
È notte senza stelle a mezzo il verno,
Già del fato mortale a me bastante
E conforto e vendetta è che su l'erba
Qui neghittoso immobile giacendo,
Il mar la terra e il ciel miro e sorrido.

XXX.

SOPRA UN BASSO RILIEVO ANTICO SEPOLCRALE,
DOVE UNA GIOVANE MORTA
È RAPPRESENTATA IN ATTO DI PARTIRE,
ACCOMIATANDOSI DAI SUOI.

Dove vai? chi ti chiama
Lunge dai cari tuoi,
Bellissima donzella?
Sola, peregrinando, il patrio tetto
Sì per tempo abbandoni? a queste soglie
Tornerai tu? farai tu lieti un giorno
Questi ch'oggi ti son piangendo intorno?

Asciutto il ciglio ed animosa in atto.
Ma pur mesta sei tu. Grata la via
O dispiacevol sia, tristo il ricetto
A cui movi o giocondo.
Da quel tuo grave aspetto
Mal s'indovina. Ahi ahi, nè già potria
Fermare io stesso in me, nè forse al mondo
S'intese ancor, se in disfavore al cielo
Se cara esser nomata,
Se misera tu debbi o fortunata.

Morte ti chiama; al cominciar del giorno
L'ultimo istante. Al nido onde ti parti,
Non tornerai. L'aspetto
De' tuoi dolci parenti
Lasci per sempre. Il loco
A cui movi, è sotterra:
Ivi fia d'ogni tempo il tuo soggiorno.
Forse beata sei; ma pur chi mira,
Seco pensando, al tuo destin, sospira.

Mai non veder la luce
Era, credo, il miglior. Ma nata, al tempo
Che reina bellezza si dispiega
Nelle membra e nel volto,
Ed incomincia il mondo
Verso lei di lontano ad atterrarsi;
In sul fiorir d'ogni speranza, e molto
Prima che incontro alla festosa fronte
I lùgubri suoi lampi il ver baleni;
Come vapore in nuvoletta accolto
Sotto forme fugaci all'orizzonte,
Dileguarsi così quasi non sorta,
E cangiar con gli oscuri
Silenzi della tomba i dì futuri,
Questo se all'intelletto
Appar felice, invade
D'alta pietade ai più costanti il petto.

Madre temuta e pianta
Dal nascer già dell'animal famiglia,
Natura, illaudabil maraviglia,
Che per uccider partorisci e nutrì,
Se danno è del mortale
Immaturo perir, come il consenti
In quei capi innocenti!
Se ben, perchè funesta,
Perchè sovra ogni male,

73

A chi si parte, a chi rimane in vita,
Inconsolabil fai tal dipartita?

Misera ovunque miri,
Misera onde si volga, ove ricorra,
Questa sensibil prole!
Piacqueti che delusa
Fosse ancor dalla vita
La speme giovanil; piena d'affanni
L'onda degli anni; ai mali unico schermo
La morte; e questa inevitabil segno,
Questa, immutata legge
Ponesti all'uman corso. Ahi perchè dopo
Le travagliose strade, almen la meta
Non ci prescriver lieta? anzi colei
Che per certo futura
Portiam sempre, vivendo, innanzi all'alma,
Colei che i nostri danni
Ebber solo conforto,
Velar di neri panni,
Cinger d'ombra sì trista,
E spaventoso in vista
Più d'ogni flutto dimostrarci il porto?

Già se sventura è questo
Morir che tu destini
A tutti noi che senza colpa, ignari,
Nè volontari al vivere abbandoni,
Certo ha chi more invidiabil sorte
A colui che la morte
Sente de' cari suoi. Che se nel vero,
Com'io per fermo estimo,
Il vivere è sventura,
Grazia il morir, chi però mai potrebbe,
Quel che pur si dovrebbe,
Desiar de' suoi cari il giorno estremo,
Per dover egli scemo
Rimaner di se stesso.
Veder d'in su la soglia levar via
La diletta persona
Con chi passato avrà molt'anni insieme,
E dire a quella addio senz'altra speme
Di riscontrarla ancora
Per la mondana via;
Poi solitario abbandonato in terra,
Guardando attorno, all'ore ai lochi usati
Rimemorar la scorsa compagnia?
Come, ahi come, o natura, il cor ti soffre

74

Di strappar dalle braccia
All'amico l'amico,
Al fratello il fratello,
La prole al genitore,
All'amante l'amore: e l'uno estinto,
L'altro in vita serbar? Come potesti
Far necessario in noi
Tanto dolor, che sopravviva amando
Al mortale il mortal? Ma da natura
Altro negli atti suoi
Che nostro male o nostro ben si cura.

XXXI.

SOPRA IL RITRATTO DI UNA BELLA DONNA
SCOLPITO NEL MONUMENTO SEPOLCRALE DELLA MEDESIMA.

Tal fosti: or qui sotterra
Polve e scheletro sei. Su l'ossa e il fango
Immobilmente collocato invano,
Muto, mirando dell'etadi il volo,
Sta, di memoria solo
E di dolor custode, il simulacro
Della scorsa beltà. Quel dolce sguardo,
Che tremar fe', se, come or sembra, immoto
In altrui s'affisò; quel labbro, ond'alto
Par, come d'urna piena,
Traboccare il piacer; quel collo, cinto
Già di desio; quell'amorosa mano,
Che spesso, ove fu pòrta.
Sentì gelida far la man che strinse;
E il seno, onde la gente 15
Visibilmente di pallor si tinse,
Furo alcun tempo: or fango
Ed ossa sei: la vista
Vituperosa e trista un sasso asconde.

Così riduce il fato
Qual sembianza fra noi parve più viva
Immagine del ciel. Misterio eterno
Dell'esser nostro. Oggi, d'eccelsi, immensi
Pensieri e sensi inenarrabil fonte,
Beltà grandeggia, e pare,

Quale splendor vibrato
Da natura immortal su queste arene,
Di sovrumani fati,
Di fortunati regni e d'aurei mondi
Segno e sicura spene
Dare al mortalo stato:
Diman, per lieve forza,
Sozzo a vedere, abominoso, abbietto
Divien quel che fu dianzi
Quasi angelico aspetto,
E dalle menti insieme
Quel che da lui moveva
Ammirabil concetto, si dilegua.

Desiderii infiniti
E visioni altere
Crea nel vago pensiere,
Per naturai virtù, dotto concento;
Onde per mar delizioso, arcano
Erra lo spirto umano,
Quasi come a diporto
Ardito notator per l'Oceano:
Ma se un discorde accento
Fere l'orecchio, in nulla
Torna quel paradiso in un momento.

Natura umana, or come,
Se frale in tutto e vile,
Se polve ed ombra sei, tant'alto senti?
Se in parte anco gentile,
Come i più degni tuoi moti e pensieri
Son così di leggeri
Da sì basse cagioni e désti e spenti?

XXXII.

PALINODIA
AL MARCHESE GINO CAPPONI.

Il sempre sospirar nulla rileva.
PETRARCA.

76

Errai, candido Gino; assai gran tempo,
E di gran lunga errai. Misera e vana
Stimai la vita, e sovra l'altre insulsa
La stagion ch'or si volge. Intolleranda
Parve, e fu, la mia lingua alla beata
Prole mortal, se dir si dee mortale
L'uomo, o si può. Fra maraviglia e sdegno,
Dall'Eden odorato in cui soggiorna,
Rise l'alta progenie, e me negletto
Disse, o mal venturoso, e di piaceri
O incapace o inesperto, il proprio fato
Creder comune, e del mio mal consorte
L'umana specie. Alfin per entro il fumo
De' sigari onorato, al romorio
De' crepitanti pasticcini, al grido
Militar, di gelati e di bevande
Ordinator, fra le percosse tazze
E i branditi cucchiai, viva rifulse
Agli occhi miei la giornaliera luce
Delle gazzette. Riconobbi e vidi
La pubblica letizia, e le dolcezze
Del destino mortal. Vidi l'eccelso
Stato e il valor delle terrene cose,
E tutto fiori il corso umano, e vidi
Come nulla quaggiù dispiace e dura.
Nè men conobbi ancor gli studi e l'opre
Stupende, e il senno, e le virtudi, e l'alto
Saver del secol mio. Nè vidi meno
Da Marrocco al Catai, dall'Orse al Nilo,
E da Boston a Goa, correr dell'alma
Felicità su l'orme a gara ansando
Regni, imperi e ducati; e già tenerla
O per le chiome fluttuanti, o certo
Per l'estremo del boa[11]. Così vedendo,
E meditando sovra i larghi fogli
Profondamente, del mio grave, antico
Errore, e di me stesso, ebbi vergogna.

Aureo secolo omai volgono, o Gino,
I fusi delle Parche. Ogni giornale,
Gener vario di lingue e di colonne,
Da tutti i lidi lo promette al mondo
Concordemente. Universale amore,
Ferrate vie, moltiplici commerci,
Vapor, tipi e cholèra i più divisi
Popoli e climi stringeranno insieme:
Nè maraviglia fia se pino o quercia
Suderà latte e mele, o s'anco al suono

D'un walser danzerà. Tanto la possa
Infin qui de' lambicchi e delle storte,
E le macchine al cielo emulatrici
Crebbero, e tanto cresceranno al tempo
Che seguirà; poichè di meglio in meglio
Senza fin vola e volerà mai sempre
Di Sem, di Cam e di Giapeto il seme.

Ghiande non ciberà certo la terra
Però, se fame non la sforza: il duro
Ferro non deporrà. Ben molte volte
Argento ed or disprezzerà, contenta
A pòlizze di cambio. E già dal caro
Sangue de' suoi non asterrà la mano
La generosa stirpe: anzi coverte
Fien di stragi l'Europa e l'altra riva
Dell'atlantico mar, fresca nutrice
Di pura civiltà, sempre che spinga
Contrarie in campo le fraterne schiere
Di pepe o di cannella o d'altro aroma
Fatal cagione, o di melate canne,
O cagion qual si sia ch' ad auro torni.
Valor vero e virtù, modestia e fede
E di giustizia amor, sempre in qualunque
Pubblico stato, alieni in tutto e lungi
Da' comuni negozi, ovvero in tutto
Sfortunati saranno, afflitti e vinti;
Perchè diè lor natura, in ogni tempo
Starsene in fondo. Ardir protervo e frode,
Con mediocrità, regneran sempre,
A galleggiar sortiti. Imperio e forze,
Quanto più vogli o cumulate o sparse.
Abuserà chiunque avralle, e sotto
Qualunque nome. Questa legge in pria
Scrisser natura e il fato in adamante;
E co' fulmini suoi Volta nè Davy
Lei non cancellerà, non Anglia tutta
Con le macchine sue, nè con un Gange
Di politici scritti il secol novo.
Sempre il buono in tristezza, il vile in festa
Sempre e il ribaldo: incontro all'alme eccelse
In arme tutti congiurati i mondi
Fieno in perpetuo: al vero onor seguaci
Calunnia, odio e livor: cibo de' forti
Il debole, cultor de' ricchi e servo
Il digiuno mendico, in ogni forma
Di comun reggimento, o presso o lungi
Sien l'eclittica o i poli, eternamente

78

Sarà, se al gener nostro il proprio albergo
E la face del dì non vengon meno.

Queste lievi reliquie e questi segni
Delle passate età, forza è che impressi
Porti quella che sorge età dell'oro:
Perchè mille discorsi e repugnanti 100
L'umana compagnia principii e parti
Ha per natura: e por quegli odii in pace
Non valser gl'intelletti e le possanze
Degli uomini giammai, dal dì che nacque
L'inclita schiatta, e non varrà, quantunque
Saggio sia nè possente, al secol nostro
Patto alcuno o giornal. Ma nelle cose
Più gravi, intera, e non veduta innanzi,
Fia la mortal felicità. Più molli
Di giorno in giorno diverran le vesti
O di lana o di seta. I rozzi panni
Lasciando a prova agricoltori e fabbri,
Chiuderanno in coton la scabra pelle,
E di castoro copriran le schiene.
Meglio fatti al bisogno, o più leggiadri
Certamente a veder, tappeti e coltri,
Seggiole, canapè, sgabelli e mense,
Letti, ed ogni altro arnese, adorneranno
Di lor menstrua beltà gli appartamenti;
E nove forme di paiuoli, e nove
Pentolo ammirerà l'arsa cucina.
Da Parigi a Calais, di quivi a Londra,
Da Londra a Liverpool, rapido tanto
Sarà, quant'altri immaginar non osa,
Il cammino, anzi il volo: e sotto l'ampie
Vie del Tamigi fia dischiuso il varco,
Opra ardita, immortal, ch'esser dischiuso
Dovea, già son molt'anni. Illuminate
Meglio ch'or son, benché sicure al pari,
Nottetempo saran le vie men trite
Delle città sovrane, e talor forse
Di suddita città le vie maggiori.
Tali dolcezze e sì beata sorte
Alla prole vegnente il ciel destina.

Fortunati color che mentre io scrivo
Miagolanti in su le braccia accoglie
La levatrice! a cui veder s'aspetta
Quei sospirati dì, quando per lunghi
Studi fia noto, e imprenderà col latte
Dalla cara nutrice ogni fanciullo,

79

Quanto peso di sal, quanto di carni,
E quante moggia di farina inghiotta
Il patrio borgo in ciascun mese; e quanti
In ciascun anno partoriti e morti
Scriva il vecchio prior: quando, per opra
Di possente vapore, a milioni
Impresse in un secondo, il piano e il poggio,
E credo anco del mar gl'immensi tratti,
Come d'aeree gru stuol che repente
Alle late campagne il giorno involi,
Copriran le gazzette, anima e vita
Dell'universo, e di savere a questa
Ed alle età venture unica fonte!

Quale un fanciullo, con assidua cura,
Di fogliolini e di fuscelli, in forma
O di tempio o di torre o di palazzo,
Un edificio innalza; e come prima
Fornito il mira, ad atterrarlo è vòlto,
Perchè gli stessi a lui fuscelli e fogli
Per novo lavorio son di mestieri;
Così natura ogni opra sua, quantunque
D'alto artificio a contemplar, non prima
Vede perfetta, ch'a disfarla imprende,
Le parti sciolte dispensando altrove.
E indarno a preservar se stesso od altro
Dal gioco reo, la cui ragion gli è chiusa
Eternamente, il mortal seme accorre
Mille virtudi oprando in mille guise
Con dotta man: che, d'ogni sforzo in onta,
La natura crudel, fanciullo invitto,
Il suo capriccio adempie, essenza posa
Distruggendo e formando si trastulla.
Indi varia, infinita una famiglia
Di mali immedicabili e di pene
Preme il fragil mortale, a perir fatto
Irreparabilmente: indi una forza
Ostil, distruggitrice, e dentro il fere
E di fuor da ogni lato, assidua, intenta
Dal dì che nasce; e l'affatica e stanca.
Essa indefatigata; insin ch'ei giace
Alfin dall'empia madre oppresso e spento.
Queste, o spirto gentil, miserie estreme
Dello stato mortal; vecchiezza e morte,
Ch'han principio d'allor che il labbro infante
Preme il tenero sen che vita instilla;
Emendar, mi cred'io, non può la lieta
Nonadecima età più che potesse

La decima o la nona, e non potranno
Più di questa giammai l'età future.
Però, se nominar lice talvolta
Con proprio nome il ver, non altro in somma
Fuor che infelice, in qualsivoglia tempo,
E non pur ne' civili ordini e modi,
Ma della vita in tutte l'altre parti,
Per essenza insanabile, e per legge
Universal che terra e cielo abbraccia.
Ogni nato sarà. Ma novo e quasi
Divin, consiglio ritrovàr gli eccelsi
Spirti del secol mio: che, non potendo
Felice in terra far persona alcuna, 200
L'uomo obbliando, a ricercar si diero
Una comun felicitade; e quella
Trovata agevolmente, essi di molti
Tristi e miseri tutti, un popol fanno
Lieto e felice; e tal portento, ancora
Da pamphlets, da riviste e da gazzette
Non dichiarato, il civil gregge ammira.

Oh menti, oh senno, oh sovrumano acume
Dell'età ch'or si volge! E che sicuro
Filosofar, che sapienza, o Gino.
In più sublimi ancora e più riposti
Subbietti insegna ai secoli futuri
il mio secolo e tuo! Con che costanza
Quel che ieri schernì, prosteso adora
Oggi, e domani abbatterà, per girne
Raccozzando i rottami, e per riporlo
Tra il fumo degl'incensi il dì vegnente!
Quanto estimar si dee, che fede inspira
Del secol che si volge, anzi dell'anno.
Il concorde sentir! con quanta cura
Convieni a quel dell'anno, al qual difforme
Fia quel dell'altro appresso, il sentir nostro
Comparando, fuggir che mai d'un punto
Non sien diversi! E di che tratto innanzi,
Se al moderno si opponga il tempo antico,
Filosofando il saper nostro è scorso!

Un già de' tuoi, lodato Gino; un franco
Di poetar maestro, anzi di tutte
Scienze ed arti e facoltadi umane.
E menti che fur mai, sono e saranno.
Dottore, emendator, lascia, mi disse.
I propri affetti tuoi. Di lor non cura
Questa virile età, volta ai severi

Economici studi, e intenta il ciglio
Nelle pubbliche cose. Il proprio petto
Esplorar che ti val? Materia al canto
Non cercar dentro te. Canta i bisogni
Del secol nostro, e la matura speme.
Memorande sentenze! ond'io solenni
Le risa alzai quando sonava il nome
Della speranza al mio profano orecchio
Quasi comica voce, o come un suono
Di lingua che dal latte si scompagni.
Or torno addietro, ed al passato un corso
Contrario imprendo, per non dubbi esempi
Chiaro oggimai ch'ai secol proprio vuoisi,
Non contraddir, non repugnar, se lode
Cerchi e fama appo lui, ma fedelmente
Adulando ubbidir: così per breve
Ed agiato cammin vassi alle stelle.
Ond'io, degli astri desioso, al canto
Del secolo i bisogni omai non penso
Materia far; chè a quelli, ognor crescendo.
Provveggono i mercati e le officine
Già largamente; ma la speme io certo
Dirò, la speme, onde visibil pegno
Già concedon gli Dei; già, della nova
Felicità principio, ostenta il labbro
De' giovani, e la guancia, enorme il pelo.

O salve, o segno salutare, o prima
Luce della famosa età che sorge.
Mira dinanzi a te come s'allegra
La terra e il ciel, come sfavilla il guardo
Delle donzelle, e per conviti e feste
Qual de' barbati eroi fama già vola.
Cresci, cresci alla patria, o maschia certo
Moderna prole. All'ombra de' tuoi velli
Italia crescerà, crescerà tutta
Dalle foci del Tago all'Ellesponto
Europa, e il mondo poserà sicuro.
E tu comincia a salutar col riso
Gl'ispidi genitori, o prole infante.
Eletta agli aurei dì: nè ti spauri
L'innocuo nereggiar de' cari aspetti.
Ridi, o tenera prole: a te serbato
È di cotanto favellare il frutto;
Veder gioia regnar, cittadi e ville.
Vecchiezza e gioventù del par contente,
E le barbe ondeggiar lunghe due spanne.

XXXIII.

IL TRAMONTO DELLA LUNA.

Quale in notte solinga.
Sovra campagne inargentate ed acque.
Là 've zefiro aleggia,
E mille vaghi aspetti
E ingannevoli obbietti
Fingon l'ombre lontane
Infra l'onde tranquille
E rami e siepi e collinette e ville;
Giunta al confin del cielo.
Dietro Apennino od Alpe, o del Tirreno
Nell'infinito seno
Scende la luna; e si scolora il mondo;
Spariscon l'ombre, ed una
Oscurità la valle e il monte imbruna;
Orba la notte resta,
E cantando, con mesta melodia,
L'estremo albor della fuggente luce,
Che dianzi gli fu duce,
Saluta il carrettier dalla sua via;

Tal si dilegua, e tale
Lascia l'età mortale
La giovinezza. In fuga
Van l'ombre e le sembianze
Dei dilettosi inganni; e vengon meno
Le lontane speranze,
Ove s'appoggia la mortal natura.
Abbandonata, oscura
Resta la vita. In lei porgendo il guardo.
Cerca il confuso viatore invano
Del cammin lungo che avanzar si sente
Meta o ragione; e vede
Ch'a sè l'umana sede.
Esso a lei veramente è fatto estrano.

Troppo felice e lieta
Nostra misera sorte
Parve lassù, so il giovanile stato,
Dove ogni ben di mille pene è frutto.

83

Durasse tutto della vita il corso.
Troppo mite decreto
Quel che sentenzia ogni animale a morte,
S'anco mezza la via
Lor non si desse in pria
Della terribil morte assai più dura.
D'intelletti immortali
Degno trovato, estremo
Di tutti i mali, ritrovàr gli eterni
La vecchiezza, ove fosse
Incolume il desio, la speme estinta,
Secche le fonti del piacer, le pene
Maggiori sempre, e non più dato il bene.

Voi, collinette e piagge.
Caduto lo splendor che all'occidente
Inargentava della notte il velo,
Orfane ancor gran tempo
Non resterete, che dall'altra parte
Tosto vedrete il cielo
Imbiancar novamente, e sorger l'alba:
Alla qual poscia seguitando il sole,
E folgorando intorno
Con sue fiamme possenti.
Di lucidi torrenti
Inonderà con voi gli eterei campi.
Ma la vita mortal, poi che la bella
Giovinezza sparì, non si colora
D'altra luce giammai, nè d'altra aurora.
Vedova è insino al fine; ed alla notte
Che Taltre etadi oscura,
Segno poser gli Dei la sepoltura.

XXXIV.

LA GINESTRA,
O IL FIORE DEL DESERTO.

Καὶ ἠγάπησαν οἱ ἄνθρωποι
μᾶλλοντὸ σκότος ἢ τὸ φῶς.
E gli uomini vollero piuttosto
le tenebre che la luce.
GIOVANNI, III, 19

84

Qui su l'arida schiena
Del formidabil monte.
Sterminator Vesevo,
La qual null'altro allegra arbor nè fiore.
Tuoi cespi solitari intorno spargi,
Odorata ginestra,
Contenta dei deserti. Anco ti vidi
De' tuoi steli abbellir l'erme contrade
Che cingon la cittade
La qual fu donna de' mortali un tempo,
E del perduto impero
Par che col grave e taciturno aspetto
Faccian fede e ricordo al passeggero.
Or ti riveggo in questo suol, di tristi
Lochi e dal mondo abbandonati amante,
E d'afflitte fortune ognor compagna.
Questi campi cosparsi
Di ceneri infeconde, e ricoperti
Dell'impietrata lava,
Che sotto i passi al peregrin risona;
Dove s'annida e si contorce al sole
La serpe, e dove al noto
Cavernoso covil torna il coniglio;
Fur liete ville e colti,
E biondeggiàr di spiche, e risonaro
Di muggito d'armenti;
Fur giardini e palagi,
Agli ozi de' potenti
Gradito ospizio; e fur città famose
Che coi torrenti suoi l'altero monte
Dall'ignea bocca fulminando oppresse
Con gli abitanti insieme. Or tutto intorno
Una ruina involve,
Dove tu siedi, o fior gentile, e quasi
I danni altrui commiserando, al cielo
Di dolcissimo odor mandi un profumo,
Che il deserto consola. A queste piagge
Venga colui che d'esaltar con lode
Il nostro stato ha in uso, e vegga quanto
È il gener nostro in cura
All'amante natura. E la possanza
Qui con giusta misura
Anco estimar potrà dell'uman seme,
Cui la dura nutrice, ov'ei men teme,
Con lieve moto in un momento annulla
In parte, e può con moti

Poco men lievi ancor subitamente
Annichilare in tutto.
Dipinte in queste rive
Son dell'umana gente
Le magnifiche sorti e progressive[12].

Qui mira e qui ti specchia,
Secol superbo e sciocco.
Che il calle insino allora
Dal risorto pensier segnato innanti
Abbandonasti, e vólti addietro i passi,
Del ritornar ti vanti,
E procedere il chiami.
Al tuo pargoleggiar gl'ingegni tutti
Di cui lor sorte rea padre ti fece
Vanno adunaudo, ancora
Ch'a ludibrio talora
T'abbian fra sè. Non io
Con tal vergogna scenderò sotterra;
E ben facil mi fòra
Imitar gli altri, e vaneggiando in prova,
Farmi agli orecchi tuoi cantando accetto:
Ma il disprezzo piuttosto che si serra
Di te nel petto mio,
Mostrato avrò quanto si possa aperto:
Bench'io sappia che obblio
Preme chi troppo all'età propria increbbe.
Di questo mal, che teco
Mi fia comune, assai finor mi rido.
Libertà vai sognando, e servo a un tempo
Vuoi di novo il pensiero.
Sol per cui risorgemmo
Dalla barbarie in parte, e per cui solo
Si cresce in civiltà, che sola in meglio
Guida i pubblici fati.
Così ti spiacque il vero
Dell'aspra sorte e del depresso loco
Ohe natura ci diè. Per questo il tergo
Vigliaccamente rivolgesti al lume
Che il fe' palese; e, fuggitivo, appelli
Vil chi lui segue, e solo
Magnanimo colui
Che sè schernendo o gli altri, astuto o folle,
Fin sopra gli astri il mortal grado estolle.

Uom di povero stato e membra inferme
Che sia dell'alma generoso ed alto,
Non chiama sè nè stima

Ricco d'or nè gagliardo,
E di splendida vita o di valente
Persona infra la gente
Non fa risibil mostra;
Ma sè di forza e di tesor mendico
Lascia parer senza vergogna, e noma
Parlando, apertamente, o di sue cose
Fa stima al vero uguale.
Magnanimo animale
Non credo io già, ma stolto
Quel che, nato a perir, nutrito in pene,
Dice, a goder son fatto,
E di fetido orgoglio
Empie le carte, eccelsi fati e nove
Felicità, quali il ciel tutto ignora,
Non pur quest'orbe, promettendo in terra
A popoli che un'onda
Di mar commosso, un fiato
D'aura maligna, un sotterraneo crollo
Distrugge sì, ch'avanza
A gran pena di lor la rimembranza.
Nobil natura è quella
Ch'a sollevar s'ardisce
Gli occhi mortali incontra
Al comun fato, e che con franca lingua,
Nulla al ver detraendo,
Confessa il mal che ci fu dato in sorte,
E il basso stato e frale;
Quella che grande e forte
Mostra sè nel soffrir, nè gli odii e l'ire
Fraterne, ancor più gravi
D'ogni altro danno, accresce
Alle miserie sue, l'uomo incolpando
Del suo dolor, ma dà la colpa a quella
Che veramente è rea, che de' mortali
È madre in parto ed in voler matrigna.
Costei chiama inimica; e incontro a questa
Congiunta esser pensando,
Siccom'è il vero, ed ordinata in pria
L'umana compagnia,
Tutti fra sè confederati estima
Gli uomini, e tutti abbraccia
Con vero amor, porgendo
Valida e pronta ed aspettando aita
Negli alterni perigli e nelle angosce
Della guerra comune. Ed alle offese
Dell'uomo armar la destra, e laccio porre
Al vicino ed inciampo,

Stolto crede così, qual fòra in campo
Cinto d'oste contraria, in sul più vivo
Incalzai degli assalti,
Gl'inimici obbliando, acerbo gare
Imprender con gli amici.
E sparger fuga e fulminar col brando
Infra i proprii guerrieri.
Così fatti pensieri
Quando fien, come fur, palesi al volgo.
E quell'orror che primo
Contra l'empia natura
Strinse i mortali in social catena.
Fia ricondotto in parte
Da verace saper, l'onesto e il retto
Conversar cittadino,
E giustizia e pietade altra radice
Avranno allor che non superbe fole.
Ove fondata probità del volgo
Così star suole in piede
Quale star può quel ch'ha in error la sede.

Sovente in queste rive,
Che, desolate, a bruno
Veste il flutto indurato, e par che ondeggi,
Seggo la notte; e su la mesta landa
In purissimo azzurro
Veggo dall'alto fiammeggiar le stelle,
Cui di lontan fa specchio
Il mare, e tutto di scintille in giro
Per lo vòto seren brillare il mondo.
E poi che gli occhi a quelle luci appunto.
Ch'a lor sembrano un punto,
E sono immenso in guisa
Che un punto a petto a lor soli terra o mare
Veracemente; a cui
L'uomo non pur, ma questo
Globo ove l'uomo è nulla.
Sconosciuto è del tutto; e quando miro
Quegli ancor più senz'alcun fin remoti
Nodi quasi di stelle,
Ch'a noi paion qual nebbia, a cui non l'uomo
E non la terra sol, ma tutto in uno,
Del numero infinite e della mole,
Con l'aureo sole insiem, le nostro stelle
O sono ignote, o così paion come
Essi alla terra, un punto
Di luce nebulosa; al pensier mio
Che sembri allora, o prole

Dell'uomo? E rimembrando
Il tuo stato quaggiù, di cui fa segno
Il suol ch'io premo; e poi dall'altra parte,
Che te signora e fine
Credi tu data al Tutto, e quante volte
Favoleggiar ti piacque, in questo oscuro
Granel di sabbia, il qual di terra ha nome,
Per tua cagion, dell'universe cose
Scender gli autori, e conversar sovente
Co' tuoi piacevolmente; e che i derisi
Sogni rinnovellando, ai saggi insulta
Fin la presente età, che in conoscenza
Ed in civil costume
Sembra tutte avanzar; qual moto allora,
Mortal prole infelice, o qual pensiero
Verso te finalmente il cor m'assale?
Non so se il riso o la pietà prevale.

Come d'arbor cadendo un picciol pomo,
Cui là nel tardo autunno
Maturità senz'altra forza atterra,
D'un popol di formiche i dolci alberghi
Cavati in molle gleba
Con gran lavoro, e l'opre,
E le ricchezze ch'adunate a prova
Con lungo affaticar l'assidua gente
Avea provvidamente al tempo estivo,
Schiaccia, diserta e copre
In un punto; così d'alto piombando,
Dall'utero tonante
Scagliata al ciel profondo.
Di ceneri e di pomici e di sassi
Notte e ruina, infusa
Di bollenti ruscelli,
O pel montano fianco
Furiosa tra l'erba
Di liquefatti massi
E di metalli e d'infocata arena
Scendendo immensa piena.
Le cittadi che il mar là su l'estremo
Lido aspergea, confuse
E infranse e ricoperse
In pochi istanti: onde su quelle or pasce
La capra, e città nove
Sorgon dall'altra banda, a cui sgabello
Son le sepolte, e le prostrate mura
L'arduo monte al suo piè quasi calpesta.
Non ha natura al seme

Dell'uom più stima o cura
Ch'alla formica: e se più rara in quello
Che nell'altra è la strage,
Non avvien ciò d'altronde
Fuor che l'uom sue prosapie ha men feconde.

Ben mille ed ottocento
Anni varcàr poi che sparirò, oppressi
Dall'ignea forza, i popolati seggi.
E il villanello intento
Ai vigneti che a stento in questi campi
Nutre la morta zolla e incenerita,
Ancor leva lo sguardo
Sospettoso alla vetta
Fatal, che nulla mai fatta più mite
Ancor siede tremenda, ancor minaccia
A lui strage ed ai figli ed agli averi
Lor poverelli. E spesso
Il meschino in sul tetto
Dell'ostel villereccio, alla vagante
Aura giacendo tutta notte insonne,
E balzando più volte, esplora il corso
Del temuto bollor, che si riversa
Dall'inesausto grembo
Su l'arenoso dorso, a cui riluce
Di Capri la marina
E di Napoli il porto e Mergellina.
E se appressar lo vede, o se nel cupo
Del domestico pozzo ode mai l'acqua
Fervendo gorgogliar, desta i figliuoli.
Desta la moglie in fretta, e via, con quanto
Di lor cose rapir posson, fuggendo,
Vede lontan, l'usato
Suo nido, e il picciol campo
Che gli fu dalla fame unico schermo.
Preda al flutto rovente,
Che crepitando giunge, e inesorato
Durabilmente sopra quei si spiega.
Torna al celeste raggio.
Dopo l'antica obblivion, l'estinta
Pompei, come sepolto
Scheletro, cui di terra
Avarizia o pietà rende all'aperto;
E dal deserto fòro
Diritto infra le file
De' mozzi colonnati il peregrino
Lunge contempla il bipartito giogo
E la cresta fumante,

90

Ch'alla sparsa mina ancor minaccia.
E nell'orror della secreta notte
Per li vacui teatri,
Per li templi deformi e per le rotte
Case, ove i parti il pipistrello asconde.
Come sinistra face
Che per vòti palagi atra s'aggiri.
Corre il baglior della funerea lava
Che di lontan per l'ombre
Rosseggia e i lochi intorno intorno tinge.
Così, dell'uomo ignara o dell'etadi
Ch'ei chiama antiche, e del seguir che fanno
Dopo gli avi i nepoti.
Sta natura ognor verde, anzi procede
Per sì lungo cammino,
Che sembra star. Caggiono i regni intanto,
Passan genti e linguaggi: ella nol vede:
E l'uom d'eternità s'arroga il vanto.

E tu, lenta ginestra,
Che di selve odorate
Queste campagne dispogliate adorni.
Anche tu presto alla crudel possanza
Soccomberai del sotterraneo foco,
Che ritornando al loco
Gia noto, stenderà l'avaro lembo
Su tue molli foreste. E piegherai
Sotto il fascio mortai non renitente
Il tuo capo innocente:
Ma non piegato insino allora indarno
Codardamente supplicando innanzi
Al futuro oppressor; ma non eretto
Con forsennato orgoglio inver le stelle,
Nè sul deserto, dove
E la sede e i natali
Non per voler ma por fortuna avesti;
Ma più saggia, ma tanto
Mono inferma dell'uom, quanto le frali
Tue stirpi non credesti
O dal fato o da te fatte immortali.

XXXV.

IMITAZIONE.

91

Lungi dal proprio ramo.
Povera foglia frale.
Dove vai tu? Dal faggio
Là dov'io nacqui, mi divise il vento.
Esso, tornando, a volo
Dal bosco alla campagna.
Dalla valle mi porta alla montagna.
Seco perpetuamente
Vo pellegrina, e tutto l'altro ignoro.
Vo dove ogni altra cosa.
Dove naturalmente
Va la foglia di rosa,
E la foglia d'alloro.

XXXVI.

SCHERZO.

Quando fanciullo io venni
A pormi con le Muse in disciplina,
L'una di quelle mi pigliò per mano:
E poi tutto quel giorno
La mi condusse intorno
A veder l'officina.
Mostrommi a parte a parte
Gli strumenti dell'arte,
E i servigi diversi
A che ciascun di loro
S'adopra nel lavoro
Delle prose e de' versi.
Io mirava, e chiedea:
Musa, la lima ov'è? Disse la Dea:
La lima è consumata; or facciam senza.
Ed io, ma di rifarla
Non vi cal, soggiungea, quand'ella è stanca?
Rispose: hassi a rifar, ma il tempo manca.

FRAMMENTI.

92

XXXVII.

ALCETA.

Odi, Melisso: io vo' contarti un sogno
Di questa notte, che mi torna a mente
In riveder la luna. Io me ne stava
Alla finestra che risponde al prato,
Guardando in alto: ed ecco all'improvviso
Distaccasi la luna; e mi parea
Che quanto nel cader s'approssimava,
Tanto crescesse al guardo; infin che venne
A dar di colpo in mezzo al prato; ed era
Grande quanto una secchia, e di scintille
Vomitava una nebbia, che stridea
Sì forte come quando un carbon vivo
Nell'acqua immergi e spegni. Anzi a quel modo
La luna, come ho detto, in mezzo al prato
Si spegneva annerando a poco a poco,
E ne fumavan l'erbe intorno intorno.
Allor mirando in ciel, vidi rimaso
Come un barlume, o un'orma, anzi una nicchia.
Ond'ella fosse svelta; in cotal guisa,
Ch'io n'agghiacciava; e ancor non m'assicuro.

MELISSO.

E ben hai che temer, chè agevol cosa
Fòra cader la luna in sul tuo campo.

ALCETA.

Chi sa? non veggiam noi spesso di state
Cader le stelle?

MELISSO.

Egli ci ha tante stelle,
Che picciol danno è cader l'una o l'altra
Di loro, e mille rimaner. Ma sola
Ha questa luna in ciel, che da nessuno
Cader fu vista mai se non in sogno.

XXXVIII.

Io qui vagando al limitare intorno,
Invan la pioggia invoco e la tempesta.
Acciò che la ritenga al mio soggiorno.

Pure il vento muggìa nella foresta,
E muggìa tra le nubi il tuono errante,
Pria che l'aurora in ciel fosse ridesta.

O care nubi, o cielo, o terra, o piante.
Parte la donna mia: pietà, se trova
Pietà nel mondo un infelice amante.

O turbine, or ti sveglia, or fate prova
Di sommergermi, o nembi, insino a tanto
Che il sole ed altre terre il dì rinnova.

S'apre il ciel, cade il soffio, in ogni canto
Posan l'erbe e le frondi, e m'abbarbaglia
Le luci il crudo Sol pregne di pianto.

XXXIX.

Spento il diurno raggio in occidente,
E queto il fumo delle ville, e queta
De' cani era la voce e della gente;

Quand'ella, vòlta all'amorosa meta,
Si ritrovò nel mezzo ad una landa
Quanto foss'altra mai vezzosa e lieta.

Spandeva il suo chiaror per ogni banda
La sorella del sole, e fea d'argento
Gli arbori ch'a quel loco eran ghirlanda.

I ramuscelli ivan cantando al vento,
E in un con l'usignol che sempre piagne
Fra i tronchi un rivo fea dolce lamento.

Limpido il mar da lungi, e le campagne
E le foreste, e tutte ad una ad una

94

Le cime si scoprian delle montagne.

In queta ombra giacea la valle bruna,
E i collicelli intorno rivestia
Del suo candor la rugiadosa luna.

Sola tenea la taciturna via
La donna, e il vento che gli odori spande.
Molle passar sul volto si sentia.

Se lieta fosse, è van che tu dimande:
Piacer prendea di quella vista, e il bene
Che il cor le prometteva era più grande.

Come fuggiste, o belle ore serene!
Dilettevol quaggiù null'altro dura,
Nè si ferma giammai, se non la spene.

Ecco turbar la notte, e farsi oscura
La sembianza del ciel, ch'era sì bella.
E il piacer in colei farsi paura.

Un nugol torbo, padre di procella,
Sorgea di dietro ai monti, e crescea tanto.
Che più non si scopria luna nè stella.

Spiegarsi ella il vedea per ogni canto,
E salir su per l'aria a poco a poco.
E far sovra il suo capo a quella ammanto.

Veniva il poco lume ognor più fioco;
E intanto al bosco si destava il vento.
Al bosco là del dilettoso loco.

E si fea più gagliardo ogni momento.
Tal che a forza era desto e svolazzava
Tra le frondi ogni augel per lo spavento.

E la nube, crescendo, in giù calava
Vèr la marina sì, che l'un suo lembo
Toccava i monti, e l'altro il mar toccava.

Già tutto a cieca oscuritade in grembo,
S'incominciava udir fremer la pioggia,
E il suon cresceva all'appressar del nembo.

Dentro le nubi in paurosa foggia
Guizzavan lampi, e la fean batter gli occhi;

95

E n'era il terren tristo, e l'aria roggia.

Disciòr sentia la misera i ginocchi;
E già muggiva il tuon simile al metro
Di torrente che d'alto in giù trabocchi.

Talvolta ella ristava, e l'aer tetro
Guardava sbigottita, e poi correa,
Sì che i panni e le chiome ivano addietro.

E il duro vento col petto rompea,
Che gocce fredde giù per l'aria nera
In sul volto soffiando lo spingea.

E il tuon veniale incontro come fera.
Rugghiando orribilmente e senza posa;
E cresceva la pioggia e la bufera.

E d'ogni intorno era terribil cosa
Il volar polve e fiondi e rami e sassi,
E il suon die immaginar l'alma non osa.

Ella dal lampo affaticati e lassi
Coprendo gli occhi, e stretti i panni al seno
Già pur tra il nembo accelerando i passi.

Ma nella vista ancor l'era il baleno
Ardendo sì, ch'alfin dallo spavento
Fermò l'andare, e il cor le venne meno.

E si rivolse indietro. E in quel momento
Si spense il lampo, e tornò buio l'etra.
Ed acchetossi il tuono, e stette il vento.

Taceva il tutto; ed ella era di pietra.

XL.

DAL GRECO DI SIMONIDE.

Ogni mondano evento
È di Giove in poter, di Giove, o figlio.
Che giusta suo talento

96

Ogni cosa dispone.
Ma di lunga stagione
Nostro cieco pensier s'affanna e cura.
Benché l'umana etate.
Come destina il ciel nostra ventura.
Di giorno in giorno dura.
La bella speme tutti ci nutrica
Di sembianze beate.
Onde ciascuno indarno s'affatica:
Altri l'aurora amica.
Altri l'etade aspetta;
E nullo in terra vive
Cui nell'anno avvenir facili e pii
Con Pluto gli altri iddii
La mente non prometta.
Ecco pria che la speme in porto arrive,
Qual da vecchiezza è giunto
E qual da morbi al bruno Lete addutto;
Questo il rigido Marte, e quello il flutto
Del pelago rapisce; altri consunto
Da negre cure, o triste nodo al collo
Circondando, sotterra si rifugge.
Così di mille mali
I miseri mortali
Volgo fiero e diverso agita e strugge.
Ma per sentenza mia,
Uom saggio e sciolto dal comune errore
Patir non sosterria,
Nè porrebbe al dolore
Ed al mal proprio suo cotanto amore.

XLI.

DELLO STESSO.

Umana cosa picciol tempo dura,
E certissimo detto
Disse il veglio di Chio,
Conforme ebber natura
Le foglie e l'uman seme.
Ma questa voce in petto
Raccolgon pochi. All'inquieta speme.
Figlia di giovin core.

97

Tutti prestiam ricetto.
Mentre è vermiglio il fiore
Di nostra etade acerba
L'alma vota e superba
Cento dolci pensieri educa invano,
Nè morte aspetta nè vecchiezza; e nulla
Cura di morbi ha l'uom gagliardo e sano.
Ma stolto è chi non vede
La giovanezza come ha ratte l'ale,
E siccome alla culla
Poco il rogo è lontano.
Tu presso a porre il piede
In sul varco fatale
Della plutonia sede,
Ai presenti diletti
La breve età commetti.
NOTE

[DEL LEOPARDI MEDESIMO].

[1] Il successo delle Termopile fu celebrato veramente da quello che in essa canzone s'introduce a poetare, cioè da Simonide; tenuto dall'antichità fra gli ottimi poeti lirici, vissuto, che più rileva, ai medesimi tempi della scesa di Serse, e greco di patria. Questo suo fatto, lasciando l'epitaffio riportato da Cicerone e da altri, si dimostra da quello che scrive Diodoro nell'undecimo libro, dove recita anche certe parole di esso poeta in questo proposito, due o tre delle quali sono espresse nel quinto verso dell'ultima strofe. Rispetto dunque alle predette circostanze del tempo e della persona, e d'altra parte riguardando alle qualità della materia per sè medesima, io non credo che mai si trovasse argomento più degno di poema lirico, nè più fortunato di questo che fu scelto, o più veramente sortito, da Simonide. Perocché se l'impresa delle Termopile fa tanta forza a noi che siamo stranieri verso quelli che l'operarono, e con tutto questo non possiamo tenere le lacrime a leggerla semplicemente come passasse, e ventitré secoli dopo ch'ella è seguita; abbiamo a far congettura di quello che la sua ricordanza dovesse potere in un Greco, e poeta, e dei principali, avendo veduto il fatto, si può dire, cogli occhi propri, andando per le stesse città vincitrici di un esercito molto maggiore di quanti altri si ricorda la storia d'Europa, venendo a parte delle feste, delle maraviglie, del fervore di tutta un'eccellentissima nazione, fatta anche più magnanima della sua natura dalla coscienza della gloria acquistata, e dall'emulazione di tanta virtù dimostrata pur dianzi dai suoi. Per queste considerazioni, riputando a molta disavventura che le cose scritte da Simonide in quella occorrenza, fossero perdute, non ch'io presumessi di riparare a questo danno, ma come per ingannare il desiderio, procurai di rappresentarmi alla mente le disposizioni dell'animo del poeta in quel tempo, e con questo mezzo, salva la disuguaglianza degl'ingegni, tornare a fare il suo canto; del quale io porto questo parere, che o fosse maraviglioso, o la fama di Simonide fosse vana, e gli scritti perissero con poca ingiuria.—Lettera a Vincenzo Monti, premessa alle edizioni di Roma e di Bologna.

[2] Di questa fama divulgata anticamente, che in Ispagna e in Portogallo, quando il sole tramontava, si udisse di mezzo all'Oceano uno stridore simile a quello che fanno i carboni accesi, o un ferro rovente, quando è tuffato nell'acqua, vedi Cleomede Circular. doctrin. de sublim. l. 2, c. 1, ed. Bake, Lugd. Bat. 1820, p. 109 seq. Strabone l. 3, ed.

Amstel. 1707. p. 202 B. Giovenale Sat. 14, v. 279. Stazio Silv. l. 2, Genethl. Lucani v. 24 seqq., ed. Ausonio Epist. 18, v. 2. Floro l. 2. c. 17, parlando delle cose fatte da Decimo Bruto in Portogallo: «peragratoque victor Oceani litore, non prius signa convertit, quam cadentem in maria solem, obrutumque aquis ignem, non sine quodam sacrilegii metu, et horrore, deprehendit. Vedi ancora le note degli eruditi a Tacito.» De Germ. c. 45.

[3] Mentre la notizia della rotondità della terra, ed altre simili appartenenti alla cosmografia, furono poco volgari, gli uomini ricercando quello che si facesse il sole nel tempo della notte, o qual fosse lo stato suo, fecero intorno a questo parecchie belle immaginazioni: e se molti pensarono che la sera il sole si spegnesse, e che la mattina si riaccendesse, altri immaginarono che dal tramonto si riposasse e dormisse fino al giorno. Stesicoro ap. Athenaeum, l. 11, c. 38. ed. Schweigh. t. 4. p. 237. Antimaco op. eumd. l. c. p. 238. Eschilo c., e più distintamente Mimnerno, poeta greco antichissimo, l. c. cap. 39, p. 239, dice che il sole, dopo calato, si pone a giacere in un letto concavo, a uso di navicella, tutto d'oro, e così dormendo naviga per l'Oceano da ponente a levante. Pitea marsigliese, allegato da Gemino, c. 5, in Petar. Uranol. ed Amst. p. 13, e da Cosma egiziano, Topogr. christian. l. 2. ed. Montfauc. p. 149. racconta di non so quali barbari che mostrarono a esso Pitea il luogo dove il sole, secondo loro, si adagiava a dormire. E il Petrarca si accostò a queste tali opinioni volgari in quei versi. Canz. Nella stagion, st. 3:

Quando vede il pastor calare i raggi
Del gran pianeta al nido ov'egli alberga.

Siccome in questi altri della medesima Canzone, st. 1, seguì la sentenza di quei filosofi che per virtù di raziocinio e di congettura indovinavano gli antipodi:

Nella stagion che 'l ciel rapido inchina
Verso occidente, e che 'l dì nostro vola
A gente che di là forse l'aspetta.

Dove quel forse, che oggi non si potrebbe dire, fu sommamente poetico; perchè dava facoltà al lettore di rappresentarsi quella gente sconosciuta a suo modo, o di averla in tutto per favolosa: donde si dee credere che, leggendo questi versi, nascessero di quelle concezioni vaghe e indeterminate, che sono effetto principalissimo ed essenziale delle bellezze poetiche, anzi di tutte le maggiori bellezze del mondo.

[4] Di qui alla fine della stanza si ha riguardo alla congiuntura della morte del Tasso, accaduta in tempo che erano per incoronarlo poeta in Campidoglio.

[5] Si usa qui la licenza, usata da diversi autori antichi, di attribuire alla Tracia la città e la battaglia di Filippi, che veramente furono nella Macedonia.—Similmente nel nono Canto si seguita la tradizione volgare intorno agli amori infelici di Saffo poetessa, benché il Visconti ed altri critici moderni distinguano due Saffo: l'una famosa per la sua lira, e l'altra per l'amore sfortunato di Faone; quella contemporanea d'Alceo, e questa più moderna.

[6] La stanchezza, il riposo e il silenzio che regnano nelle città, e più nelle campagne, sull'ora del mezzogiorno, rendettero quell'ora agli antichi misteriosa e secreta come quella della notte: onde fu creduto che sul mezzodì più specialmente si facessero vedere o sentire gli Dei, le ninfe, i silvani, i fauni e le anime de' morti: come apparisce da Teocrito Idyll. 1, v. 15 seqq. Lucano l. 3, v. 422 seqq. Filostrato Heroic. c. 1, § 4, opp. ed. Olear. p. 671. Porfirio De antro nymph. c. 26 seq. Servio ad Georg. l. 4, v. 401, e dalla Vita di san Paolo primo eremita scritta da san Girolamo, c. 6, in Vit. Patr. Rosweyd. l. 1, p. 18. Vedi ancora il Meursio Auctar. philolog. c. 6, colle note del Lami, opp. Meurs. Florent. vol. 5, col. 733, il Barth Animadv. ad Stat. part. 2, p. 1081, e le cose disputate dai comentatori, e nominatamente dal Calmet, in proposito del demonio meridiano della Scrittura volgata,

Psal. 90, v. 6. Circa all'opinione che le ninfe e le dee sull'ora del mezzogiorno si scendessero a lavare ne' fiumi e ne' fonti, v. Callimaco in Lavacr. Pall. v. 71 seqq. e quanto propriamente a Diana, Ovidio Metam. l. 3, v. 144 seqq.

[7] «Egressusque Cain a facie Domini, habitavit profugus in terra ad orientalem plagam Eden. Et aedificavit civitatem». Genes. c. 4, v. 16.

[8] È quasi superfluo ricordare che la California è posta nell'ultimo termine occidentale di terra ferma. Si tiene che i Californi sieno, tra le nazioni conosciute, la più lontana dalla civiltà, e la più indocile alla medesima.

[9] «Plusieurs d'entre eux» (parla di una delle nazioni erranti dell'Asia) «passent la nuit assis sur une pierre à regarder la lune, et à improviser des paroles assez tristes sur des airs qui ne le sont pas moins». Il Barone di Meyendorff, voyage d'Orenbourg à Boukhara, fait en 1820, appresso il giornale des Savans 1826, septembre, p. 518.—[Cfr. Zibaldone, VII, 337; e Scritti vari ined., 398].

[10] Il signor Bothe, traducendo in bei versi tedeschi questo componimento, accusa gli ultimi sette versi della presente stanza di tautologia, cioè di ripetizione delle cose dette avanti. Segue il pastore: ancor io godo pochi piaceri (godo ancor poco); nè mi lagno di questo solo, cioè che il piacere mi manchi; mi lagno dei patimenti che provo, cioè della noia. Questo non era detto avanti. Poi, conchiudendo, riduce in termini brevi la quistione trattata in tutta la stanza; perchè gli animali non s'annoino, e l'uomo sì: la quale se fosse tautologia, tutte quelle conclusioni dove per evidenza si riepiloga il discorso, sarebbero tautologie.

[11] Pelliccia in figura di serpente, detta dal tremendo rettile di questo nome, nota alle donne gentili de' tempi nostri. Ma come la cosa è uscita di moda, potrebbe anche il senso della parola andare fra poco in dimenticanza. Però non sarà superflua questa noterella.

[12] Parole di un moderno, al quale è dovuta tutta la loro eleganza.—[Il moderno, cui qui si accenna, è il conte Terenzio Mamiani della Rovere, cugino del Leopardi].

Source: I Canti (con la vita del poeta narrata di su l'epistolario da Michele Scherillo)—Quarta edizione, rinnovata e aumentata —Ed. Ulrico Hoepli, Milano, 1920. Cover picture: wikimedia.

CPSIA information can be obtained
at www.ICGtesting.com
Printed in the USA
BVHW090044060922
646257BV00009B/879